DE WANDELAAR

ADRIAAN VAN DIS

DE WANDELAAR

ROMAN

UITGEVERIJ AUGUSTUS
AMSTERDAM · ANTWERPEN

Omslagfoto Martin Munkacsi, 'Springender Foxterrier', omstreeks 1930

Omslagontwerp Tessa van der Waals
Foto van de auteur Klaas Koppe
Vormgeving binnenwerk Suzan Beijer

ISBN 978 90 457 0015 1
NUR 301

www.augustus.nl
www.adriaanvandis.nl

Voor Ellen

De hond had alles gezien. Met hem moet het verhaal beginnen. Hoe hij voor het raam danste en uit een brandend huis sprong. Maar eerst maakt meneer Mulder een avondwandeling. Hij zal aan de politie een andere naam opgeven.

Het is een koele lenteavond. Mulder verlaat zijn huis in een houtje-touwtjejas. De ijzertjes onder zijn leren zolen tikken op het trottoir, hij springt over de ruisende goten om een spat te ontwijken en treuzelt voor de etalages van de oude prentenwinkel waar de eigenaar wekelijks een andere collectie toont – nooit ging hij er binnen, al neemt hij zich elke avond voor er een oude kaart van Parijs te kopen, één waar zijn eigen straat op staat. De kerktoren op het plein slaat elf uur. Bij het café om de hoek recht Mulder zijn rug voor de keurende ogen op het terras, al zal geen mens zich herinneren dat hij voorbijliep. Hij vist een veer uit het bassin van de fontein. Eenmaal aangekomen bij het park, dat na zonsondergang zijn hekken sluit, versnelt hij zijn pas, tot hij de oude Bouwschool passeert, waar hij even de onderste kogelgaten in de donkere gevel aanraakt – hij weet ze blind te vinden. Hij verlaat zijn buurt, komt uit op een boulevard die betere tijden heeft gekend, met halflege, slecht verlichte restaurants, en hij groet de naar buiten starende obers, wachtend op klanten voor het souper; ook houdt hij even stil voor een raam waar geknevelde kreeften in een aquarium dansen. De route ligt vast, de handelingen zijn altijd dezelfde en de herhaling stelt hem gerust: het is de ronde die hij dagelijks voor het slapen maakt – op doktersadvies. Alleen.

Al loopt hij graag een stuk op met een doofstomme Chinees die een zwaarbeladen winkelkar voortduwt, materiaal voor de prachtige cocons die hij uit kartonnen dozen vouwt, elke avond een nieuwe in een andere portiek. Mulder verbeeldt zich een zwijgzame vriendschap met hem te onderhouden. Een beschaafder gek dan deze man kent hij niet. Onder zijn keurend oog kiest de Chinees de glazen deuren van een reisbureau als slaapplek uit, en geïnspireerd door in de etalage hangende satellietfoto's van uitwaaierende rivieren begint hij daar aan de bouw van een spoetnik voor één nacht. Een wijndoos wordt zijn helm. Mulder laat hem achter met zijn wanen en wandelt tot aan het beeld van de Maarschalk, daar draait hij om, maar eerst controleert hij de in de sokkel uitgehakte jaartallen. Als geheugentraining probeert hij vierendertig wapenfeiten uit zijn hoofd te leren. Op de terugweg somt hij ze zachtjes op. Bang de slag om alzheimer te verliezen. Ook dat hoort tot de rituelen van zijn ronde.

In de verte loeien sirenes. Een vertrouwd geluid voor het slapen, wegebbend onheil gewoonlijk, maar deze avond kruipt het naderbij. De sirenes zwellen aan, omsingelen de straten, steeds luider en benauwder. Auto's minderen vaart, voetgangers aarzelen bij het zebrapad. Een blauw licht flitst tegen de huizen. Jongens op scooters razen voorbij, maar hun onrust blijft hangen: lichten gaan aan, ramen open, er klinken stemmen op. Iemand zoekt een zender op de radio. Een paar straten verder verkleurt de hemel. De geur van verbrand hout trekt langs de gevels. Een fietser draait zich grijnzend om en wijst naar de gloed boven de torens van de kerk. Contouren die Mulder dromen kan, zijn appartement kijkt erop uit, maar zo zwart en dreigend als die avond heeft hij ze nog nooit gezien. Ongerust dat er brand in zijn straat is, neemt hij een snellere weg terug, maar hij vergist zich in de kronkelstegen en komt twee keer op dezelfde kruising uit. Een uitgelaten gezelschap steekt over, joelend op weg naar iets ergs. Met kloppend hart sluit hij zich bij hen aan. Goddank, ze gaan aan zijn straat voorbij.

Zelden liep iemand zo opgelucht naar een brand.

Als een ambulance met zwaailicht geen kant meer op kan en jongens weigeren opzij te gaan, wil Mulder omkeren, maar de meute duwt hem voort. Een hoek verder ruikt hij de hitte en smelt zijn verzet. Hij herkent het brandende huis al op afstand, een kraakpand waarvan de deur altijd openstaat. Een zwarte man wankelt in de dakgoot, klaar om te springen, de verdieping daaronder hangen vrouwen en kinderen uit de ramen. Er staan jammerende mensen op de stoep, huiverend, halfbloot, met besmeurde gezichten, *pompiers* voeren slachtoffers weg. De ladderwagen kan de gevel met moeite bereiken, de straat is te smal voor groot materieel.

Toeschouwers verdringen zich voor het beste uitzicht. Het vuur slaat over naar het naastgelegen pand, een dak stort in. Achter de rook krijsen stemmen om hulp. Een vrouw op de derde verdieping dreigt haar kind uit het raam te gooien. Ladders schieten tekort. De pompiers geven aanwijzingen, vormen een net van armen. Mulder kijkt weg en hoort een doffe klap – een schreeuw klinkt uit honderden monden. Als een pompier het kind in een deken afvoert, probeert hij het alsnog met zijn ogen op te vangen.

Een vreemde stilte trekt door de straat, de gedempte geluiden van na de paniek: het wegdragen van de gewonden, het uitrollen van nog meer slangen, het koppelen van koperen ringen, het spannen van de rood-witte linten, sissend water, smorende rook. Ook de toeschouwers zwijgen en hun opwinding slaat om in schaamte.

Een pompier tast het kraakpand met een schijnwerper af. Alle ogen zoeken mee. De lamp glijdt langs een gebarsten marmeren plaquette onder een raam van de eerste verdieping, letters glanzen op. Mulder prevelt een naam. Een naam uit een andere tijd. En dan, plotseling, als geroepen door het licht, duikt er een raam hoger een hond op. Hij danst op zijn achterpoten, haakt naar de armen van een schim. Of loopt hij zo uit eigen kracht? De ladder zoeft naar boven. Maar de hond wil zich niet laten redden, hij rent naar een ander venster. De pompier zwenkt mee. De pantomime tussen ladder en hond pakt ook de toeschouwers beneden, het stomme spel kruipt in hun taal: ze spreken met gebaren. Een tweede ladder schuift naar voren, maar de hond kiest zijn eigen weg en springt. Alleen, door een lijst van vonken. (Of werd hij gegooid?) Een ingehouden schreeuw trekt door de rijen. De hond zeilt langs de gevel, de poten gespreid. Een pompier halverwege de ladder vangt hem op, wankelt en laat hem uit zijn handen schieten. Maar de val is gebroken en de klap blijft uit: de hond zakt door zijn poten, danst op het asfalt, hij tolt en draait, krabbelt weer op, schudt de as uit zijn haren en stapt ongebroken uit een wolk naar voren. Iemand applaudisseert. De hond blaft. De stilte is verbroken en de huivering ontlaadt in gejoel.

Een agent sluipt naderbij en grijpt de hond bij zijn nekvel, maar hij bijt zich los en stuift grommend de menigte in. Mensen struikelen, twee vrouwen breken door het afzettingslint. Ook Mulder doet een stap opzij, te laat, hij kan geen kant meer uit als de hond tegen hem opspringt. Zijn jas komt onder de vegen.

'Hoort die hond bij u?' vraagt de politieagent.

'Nooit gezien,' zegt Mulder geschrokken.

'Hij mag u anders graag.'

'Misschien heeft de rook hem verblind.'

'Weet u wie de eigenaar is?' De agent kijkt boos naar de beet in zijn handschoen.

'Geen idee.' Mulder weet zich geen houding te geven. De hond lijkt hem inderdaad te herkennen, hij kwispelt, jankt, wil in zijn armen springen. Afduwen lukt niet. Het beest bijt zich vast aan jas en knopen, klimt tegen hem op. Hij wil hem aaien, maar hij schrikt van zijn vuile vacht, de staart is verschroeid, zijn poten bloeden. De hond kijkt hem smekend aan. Mulder praat op hem in, zegt dingen die hij vroeger tegen honden zei. En het helpt: de hond kalmeert. Of kalmeren ze elkaar? Ondanks het roet, het kwijl en de walging knielt Mulder en trekt het beest op zijn schouder. Mensen stoten elkaar aan. 'Zie je wel, het is zijn hond,' roept een rood aangelopen vrouw.

De agent houdt het lint omhoog en leidt Mulder en hond buiten de afzetting, langs ogen van buurtbewoners, voorbij het gemurmel. Hun stemmen mengen zich met het dronken commentaar van een zwerver en het getelefoneer van een jongen op een scooter die snoeft dat hij de politiezender heeft afgeluisterd: 'Twee panden in de fik. Minstens elf gewonden. Net afgevoerd. Ze zeggen dat er binnen nog lijken liggen.' Te lang heeft Mulder tussen deze mensen gestaan, de voeten nat van het bluswater, hongerend naar ongeluk, ook hij. Hij kijkt nog een keer naar de naam op het marmeren bord aan de gevel en blijft er in gedachten verzonken naar staren, maar de hond, die als een stinkende lap om zijn nek hangt, trapt hem weer terug in het heden. 'Ik neem hem vannacht wel mee,' zegt hij tegen de politieagent. 'Een wasbeurt zal hem goed doen.'

Ze lopen langs een bus van de rampendienst, waar een priester bij een brancard knielt. De hond jankt zacht. De priester kijkt op en wenkt. 'Hij kent deze man,' zegt hij, 'laat hem afscheid nemen.' De hond wrikt zich los en snuffelt aan de brancard. Een kwispeling, meer kan er niet af. Stervende en hond krijgen de zegen. Mulder staat in de weg, de agent maant hem door te lopen: 'Brengt u de hond morgenmiddag naar het bureau.' Hij wil alleen nog wat gegevens noteren. 'Naam?'

'Martin,' zegt Mulder, 'Nicolas Martin.' Zomaar, in een opwelling. De politie neemt foto's van de omstanders, ook een van hem en de hond.

Mulder liep anders na de brand. Zijn schoenen waren doorweekt en de ijzertjes onder zijn zolen klonken doffer. Maar dat was het niet, hij moest zijn pas inhouden omdat iemand naar hem keek. Nicolas Martin. Mulder voelde zijn ogen in zijn nek gloeien. Bespottelijke gedachte. Het was die hinkende hond natuurlijk, met zijn smachtende blik. Toch was het Martin die hem influisterde zijn zakdoek in repen te scheuren om de blaren te verbinden. De hond liet het zich rustig gebeuren, maar wilde niet opnieuw op de schouder worden genomen en ook niet bij zijn nekvel naar de overkant van een drukke straat geleid. Ondanks de pijn stelde hij trots zijn eigen regels: gelijk op lopen, een meter naast elkaar, hoe moeizaam ook.

Bij de Arabier om de hoek kocht Mulder een blik hondenvoer en een tube shampoo. 'Ah, de heer die zich over de hond heeft ontfermd,' zei de kruidenier toen hij zijn winkel binnenstapte. Hij kende de man nauwelijks, maar de hond werd als een held onthaald. De snijmachine zong, twee plakken ham werden afgesneden. Een gul gebaar, en dat voor iemand die dubbele prijzen vroeg omdat hij als enige in de buurt tot na middernacht open was. De kruidenier schudde hem nogmaals de hand.

'*Monsieur*,' zei hij, 'ik heb deze hond vaak voor mijn deur gezien en nooit begrepen wie zijn baas of bazin was. Maar hij woonde dan ook in een duiventil, u hebt geen idee hoeveel volk dat huis in en uit ging. Het merendeel vrouwen die door hun man in de steek zijn gelaten, met jonge kinderen natuurlijk, leuk in de luier, maar zodra ze kunnen lopen worden het kleine dieven! Waarom denkt u dat hier alles onder de netten ligt? Met die vrouwen heb ik nog te doen, die werken van 's morgens vroeg tot 's avonds laat. Goeie klanten, maar wat zoeken ze toch bij die niksnutten van mannen. Wat voor volk daar niet rondhangt! Niet bij te houden: allemaal praatjesmakers en fantasten die hun hand ophouden. Die hond, monsieur, die hond zal het bij u beslist beter hebben, dat zie ik nu al.'

'Maar dan weet u hoe hij heet?' vroeg Mulder hoopvol.

'Hoe zou ik het moeten weten, monsieur, ik kon die lui vaak niet eens verstaan, ze spreken onderling de raarste talen. En ik hield me doof als ze hier kwamen, want er was altijd gedoe, ruzies, vechtpartijen. Het zou me niks verbazen als er opzet in het spel was. Ze hebben vlak voor de brand iemand schreeuwend het pand uit zien rennen. Ze kookten ook in het trappenhuis, op gammele gasbranders. Kent u dat huis ernaast? Een keurig huis, eigendom van de dames van de meubelwinkel hierachter. Niets dan fatsoenlijke huurders boven hun hoofd. Wat is er van die mensen geworden? Wist u dat een van die dames...' De Arabier had nog voor een nacht verhalen, maar de hond trok Mulder aan zijn mouw naar buiten.

Morgen zou hij een riem voor hem kopen.

Het gewaggel van de hond kalmeerde Mulder. Zo nu en dan aaide hij hem even over zijn kop, terloops, zonder te bukken, want de hond kwam tot aan zijn dij. Niet dat het een logge reus was, integendeel, hij was fijn gebouwd en stond hoog op de poten, een bastaard vermoedelijk, zeer vuil, korsten op zijn oren en een lelijk litteken op z'n snuit, maar met een paar amandelvormige ogen waar geen stamboom tegenop kon, zo nobel en vol deernis. Na elke aai likte de hond zijn hand en keken ze elkaar aan. De rillingen liepen hond en Mulder dan over de rug.

Ze hielden stil voor een deur waar luide stemmen opklonken. Beiden spitsten de oren: brand, brand, iedereen sprak over de brand. Verderop, in het café op het plein, maakte men overuren voor straatvegers in fluorescerende hessen, ordebewakers, medewerkers van de *mairie* en een gezelschap onverzadigbare sensatiezoekers. Brand... ook daar dat woord op de lippen. Toen een van hen de hond voorbij zag lopen, wenkten vele handen. Mulder aarzelde, maar de hond ging hem voor en beiden werden binnen warm onthaald. De *patron* sneed een homp worst voor de hond af en monsieur mocht drinken wat hij wou. Een ober klopte hem amicaal op de schouders, dezelfde ober die hem daarvoor nooit een blik waardig keurde als hij op het verwarmde terras koffie kwam drinken.

Een pikzwarte straatveger pelde een ei voor de hond, een ander vulde een emmer met water en allen keken vertederd naar het geslobber. 'Als u eens wist waar die vier poten hebben gelopen,' zei een man die uit een kring sigarettenrook naar voren trad. 'Over ijsvlakten, door savannen, bergen, modderpoelen, op gloeiende golfplaten van vluchtelingenbarakken, hij overleefde een zandstorm, een beroving, een schipbreuk. En als ik alle verhalen moet geloven, heeft hij zelfs zwemmend de kust van de Canarische Eilanden bereikt.'

'Maar ik ken u ergens van,' onderbrak Mulder.

De man lachte: 'Ik ben de priester die zojuist uw hond heeft gezegend.'

Mulder knipperde met zijn ogen... deze man in slobbertrui en slecht zittende spijkerbroek?

'Ik heb vanavond in het bluswater twee stervenden de laatste sacramenten mogen toedienen.' De priester nam een slok van zijn whisky en schudde denkbeeldige doden van zich af.

'Dus u kent de baas van deze hond?' vroeg Mulder onnozel.

'Hij heeft er velen gehad, maar hij is trouwer dan al zijn bazen en bazinnen bij elkaar.' De priester hield zijn glas op en liet zich een onbeschoft volle whisky inschenken. 'Wees goed voor die hond, hij verdient het, zelf heeft hij altijd voor mensen gezorgd: kinderen naar school gebracht, zieken en vrouwen bewaakt, dronkemannen verjaagd. Wat denkt u dat hij daar boven in dat brandende huis zocht? Hij moet die baby uit de wieg hebben gehaald en beneden aan de trap hebben gelegd... Niet haar moeder, want die is in haar slaap gestikt. Het is een dapper dier.'

Ogen bewonderden de hond.

'Woonde hij in dat kraakhuis?' vroeg Mulder.

'Hij woont waar het hem uitkomt, monsieur, maar het is geen allemansvriend.'

De hond besnuffelde het kruis van de priester en bedelde om zijn hand, hij wou een aai over zijn kop, een aai van een doorrookte hand die stervenden had gezegend, met vuile nagels. En hij likte die hand ook nog. Mulder huiverde. Zo kieskeurig leek de hond hem niet. Wat zocht hij bij hem? De geur van zeep en schone hemden? Hij keek misprijzend naar de priester. Tot hij zijn eigen vuile kraag in een van de spiegels zag en schrok van de vegen op zijn houtje-touwtjejas. Had de hond hem expres bevuild?

'Waarom neemt ú hem niet mee?' vroeg Mulder.

'Omdat hij u heeft uitgekozen,' zei de priester, 'het is een eigenzinnig dier.'

'U schijnt hem goed te kennen.'

'Ja, het is mijn schuld dat hij in dat kraakhuis is beland.' Hij nam een slok en wuifde twee straatvegers opzij – zijn verhaal had ruimte nodig. 'Hij komt uit Tsjaad, of misschien wel uit Lapland. Een vriend van mij, een missiepater, kreeg hem als pup van twee nonnen en die hadden hem weer van een Noorse zeeman uit Douala. Maar dat beest bleek z'n leven niet veilig op de missie, honden zijn daar een delicatesse. Bovendien was zijn vacht te dik voor die hitte. Toen mijn vriend hoorde dat twee mannen uit het dorp met een Renault 4 naar Frankrijk wilden rijden, heeft hij ze de hond meegegeven en hun wijsgemaakt dat het dier tot Parijs geluk zou brengen. Honden vertederen Europeanen, zei hij, zelfs Fransen in uniform. Ze kregen ook mijn adres mee. Een hellevaart moet die tocht zijn geweest. Ze zijn bestolen, verdwaald, gevangengenomen, maar die hond heeft hun telkens het leven gered: hij kon water ruiken in de woestijn, vloog dieven naar de keel, hielp ze uit een vluchtelingenkamp ontsnappen. Uiteindelijk hebben ze na twee jaar Parijs gehaald. Vraag niet hoe, een week na aankomst stierf een van die mannen. Van uitputting. En zo werd de hond bij mij afgeleverd, met de groeten van mijn ouwe missiepost. Zijn reisgenoot vertelde mij het verhaal. Maar wat moet ik met een hond in de kerk? Mijn leven is hem te weinig opwindend. Bovendien kan hij niet tegen het orgel. Het is geen zithond maar een wa-wandelaar.' De whisky vermoeide zijn tong.

Het glas ging weer omhoog en de patron schonk in, als een koster die het wijwatervat bijvult – behoedzaam en schijnheilig. 'Uiteindelijk heb ik hem aan een familie in dat huis afgestaan,' zei de priester, 'gelukzoekers uit Noord-Kameroen, hun klanken waren hem vertrouwder dan de echo van mijn kerk. Later is hij daar van hand tot hand gegaan.' Hij glimlachte bij de herinnering.

'U kende het huis dus goed?' vroeg Mulder.

'Ik ben er wel eens binnen geweest, ja.'

'En de naam Nicolas Martin zegt u niets?'

'Martin? Zou ik die moeten kennen?' Hij wankelde. Ach, al die namen en die bellen, wie kon er wijs uit worden. 'Mijn kloosternaam is Bruno, père Bruno.' Hij toostte en maakte zonder een druppel te morsen een kruisteken met zijn glas.

De hond liep naar de glazen deur en geeuwde.

Buiten was de rust nog niet weergekeerd. Het was al ver na middernacht. Nooit maakte Mulder het zo laat, en toch was hij niet moe. De brand bleef maar loeien in zijn hoofd. Ook de buurt sliep nog niet. De politie zocht met zaklampen onder geparkeerde auto's en inspecteerde binnenplaatsen. Achter de fontein op het plein klonken schelle fluitjes, twee agenten op mountainbikes raceten voorbij. Voetstappen en rumoer, straat na straat. Modder spatte op, Mulder was zonder het te merken de straat van de uitgebrande panden weer ingeslagen – de hond had hem naar zijn oude huis geleid. Geen wonder, hoe kon hij ook de weg naar zijn nieuwe slaapplaats weten?

Pompiers rolden de laatste slangen op. De rook was als een mist blijven hangen, sliertjes roet dansten voorbij. De hond sprong er happend naar op, naar de as van zijn vrienden, dacht Mulder. Ook hij haalde diep adem toen hij langs de afzetting liep en vulde zijn longen met tastbare dood. Hij schaamde zich voor zijn levenslust.

Mannen in overalls timmerden deuren en benedenramen dicht. Hamerslagen echoden tegen de gevels. De hond dook ineen, oren plat naar achteren, toch liep hij niet door, hij wachtte tot de laatste spijker, en toen ook elke plank met touw en lak verzegeld was, duwde hij zijn snuit tegen Mulders hand, een teken dat hij hem de weg naar zijn nieuwe huis mocht wijzen. Een hoek verder hield een vrouw met een jas over haar nachtpon hen staande. Ze herkende de hond. 'Toutou, Toutou.' Ze sprak hem aan met kleine woordjes: '*Mon chouchou, mon chat, mon cheri.*' Haar gebit klapperde. Ze boog naar de hond, met een schuin oog naar Mulder: Toutou wist wie de brand had aangestoken, hè? Oplettende hond die hij was. Nee, ze noemde geen namen. Zij had niks gehoord. Niks gezien. Te gevaarlijk. Maar Toutou kende hem. 'Nietwaar, mon chouchou Toutou?'

De vrouw rook naar drank – wie niet op dit uur – maar de hond haalde zijn neus voor haar op. Toutou! Mulder rook zijn weerzin. Zo wilde deze hond niet heten. Zo mocht hij niet heten. Het getik van zijn nagels op asfalt zong een andere naam.

Er brandde nog licht in de kerk. Het glas in lood gloeide dof in de mist. Mulder keek op naar de twee torens. De linker was langer dan de rechter, thuis achter zijn schrijftafel kon je dat heel goed zien. Maar de mist had ze gelijk gemaakt. Morgen zou hij de hond zijn uitzicht in volle glorie tonen. De buitenkant was mooier dan de binnenkant. Mulder was er maar één keer binnen geweest: zelden zoveel lelijke schilderijen bij elkaar gezien. Arme père Bruno, zou hij tussen die gruwelen de biecht moeten afnemen? Geen wonder dat hij troost zocht in de whisky.

Een schaduw brak het licht in een van de ramen. De hond blafte. Een beeld, dacht Mulder, maar de schaduw bewoog.

Bij zijn huis aangekomen, herhaalde hij hardop de cijfercode van zijn deur. Hij sprak wel meer tegen zichzelf, maar zo luid? De hond zag de schrik in zijn ogen. Kalm maar, leek hij te zeggen: ik kan een geheim bewaren.

De torenklokken deden de ruiten trillen. Anders klonken ze die morgen, zwaarder dan het vertrouwde slaan van hele en halve uren, dreigender dan het gebeier voor de mis. Deze klokken waren in de rouw. En zo vroeg na een korte nacht. Maar het waren niet de klokken die Mulder hadden gewekt, de hond jankte naast zijn bed. De deur stond open en een gehavende snuit duwde ongerust tegen het kussen. Mulder schoof een eind op, liet de hond op de deken en dekte zijn oren met een kussen af. Een zoete geur vulde zijn bed. Shampoo van de Arabier.

Direct na thuiskomst had hij hem gewassen, een heel gedoe was het geweest, hij op zijn knieën voor het bad, in gevecht met de douchekop, de hond glibberend op email, roetzwart van het sop; razend was ie en hij wist nog los te breken ook. De hele werkkamer onder het schuim, alles nat gespat. Met liefde had Mulder meubels en muren schoongemaakt, hij die niet tegen vlekken kon. De hond blafte als een dolle om hem heen, ging er met de poetslap vandoor – midden in de nacht. Mulder had ook zijn korsten met jodium behandeld, klitten uitgepluisd, twee kammen op zijn vacht gebroken en zijn staart gefatsoeneerd – het arme beest zat onder de blaren. Hij zoende het schrijnende vel in de hoop dat het zou helpen en deed net of hij de rondvliegende haren niet zag. Al kon hij zich voor het slapen niet bedwingen en schuierde zijn kleren nog even met een natte borstel.

Wat had hij zich op de hals gehaald? Straks moest hij de hond inleveren. Nog geen etmaal waren ze samen en hij wist nu al dat hij die bevende bobbel naast hem zou missen. Alleen die nieuwe geluiden al en het anders wakker worden. Wanneer sprak hij voor het laatst 's morgens in bed met iemand anders dan zichzelf? Maar zijn huis was te klein voor een grote hond, zo'n beest hoorde buiten en met al dat wassen en kammen wilde hij de politie alleen laten zien dat hij te vertrouwen was en niets met illegalen of wat voor louche zaken ook te maken had. Alstublieft, meneer de agent, kijk eens: een schone hond, ga nu zelf zijn baas maar zoeken.

En er was nog een reden om een goede indruk op de politie te maken. Hij moest uitleggen dat er een andere naam in zijn paspoort stond. Daar zouden ze zeker naar vragen.

Wel vijf keer verkleedde Mulder zich die ochtend. Zou hij met of zonder das? In jasje of trui, zwarte schoenen, bruine schoenen? En dat dure horloge kon maar beter af – een echte Breguet kon een agent nooit bij elkaar verdienen. Hij borstelde zijn houtje-touwtje, gooide al zijn oude jassen op een hoop. Geen buitenkant die bij zijn binnenkant paste. Eenvoud zocht hij die morgen, maar zijn kleren schoten tekort. De hond koelde zijn ongeduld op een kalfslederen loafer – de duurste schoen uit de kast. En hij blafte bij elke overjas: meneer wou uitgelaten worden.

Ondanks zijn zorgvuldige wijze van kleden was Mulder een onzichtbare man in zijn buurt, of misschien dankzij, want er viel niets op hem aan te merken. Zo was hij al honderden keren het plein voor de kerk overgestoken en nog nooit had iemand hem aangekeken, maar met de hond naast zich voelde hij ineens alle ogen op zich gericht. Niet de trilstaart trok de aandacht, een gehavende staak in de ochtendwind, nee, ze keken naar hem, naar een meneer die net deed of hij er niet stond omdat hij zijn hond brutaal op het plein liet kakken. Geen zakje of krant bij de hand natuurlijk. Bij de kiosk knikten al twee dames zijn kant uit. En ja hoor, de hond ging ook nog eens uitgebreid plassen. Een gele rivier slingerde om zijn schoenen. De dames stootten elkaar aan. Ja, ja, kalm maar, hij zou meteen een krant kopen om de rommel op te ruimen. De conservatiefste uit het rek, een pleitbezorger van orde en fatsoen, om het hele plein te laten zien hoe netjes hij was. Hooghartig betaalde hij de kioskhouder, de schouders breed voor kritiek, maar de dames traden zijn hond allerhartelijkst tegemoet: 'Daar is ie dan.' 'Ben je daar eindelijk!' Ze bogen blij voorover en lieten zich met gekwispel begroeten. Een van hen droeg een verband om beide handen. 'Op je staart na ben je er goed van afgekomen,' zei ze. De hond besnuffelde haar schaamteloos. 'En dan moet u monsieur Martin zijn, wij hebben al over u gehoord,' zei de ander. Mulder maakte een afwerend gebaar, maar de dame ratelde door. Het was een wonder dat de hond nog leefde, na al die rook en hitte, en ze wist waar ze het over had, zíj was in het brandende huis geweest, ze voelde het nog in d'r longen. Ja, volgens de kioskhouder waren deze twee zusters heldinnen, en ook de klanten die na Mulder hun krant kwamen kopen, schenen het te weten. Ze zoenden de zusters, troostten hen, informeerden naar de schade aan hun pand. Wat een moed om die trap op te gaan en die slapende kinderen mee naar buiten te dragen! En hoe gevaarlijk! Waren ze niet bang geweest toen de brand oversloeg? De zusters vertelden het keer op keer: hoe ze een vrouw het kraakhuis uit zagen rennen en hoe ze bij de buren alarm sloegen en de vieze donkere trap op klommen en dat het vuur op driehoog was begonnen en hoe de vlammen onverwacht naar beneden gierden, juist toen de jongste zus zich op de overloop bevond. Het laatste dat ze kon doen was een meisje in een brandende nachtpon naar buiten dragen. Hoe ging het nu met haar? informeerde een passant. O, dat angstige gezicht, haar gegil, ja, iedereen had het gezien! Mulder herinnerde zich niets van dat alles. Spraken ze over dezelfde brand? Er zouden op de bovenste verdieping wel vier vrouwen zijn gevonden, bewusteloos, gestikt... De moeder van het meisje? De zusters haalden hun schouders op, van de familieverhoudingen bij hun buren hadden ze nooit veel begrepen. Maar ze wisten wel dat het meisje Fanta werd genoemd, maar wie haar vader was? Triple X misschien... De hond spitste zijn oren, wrong zich tussen benen en draaide zenuwachtig om de beide zusters heen. 'Kijk,' zei de zus met de verbrande handen, 'hij hoort een bekende naam.'

'Tripel wie?' vroeg Mulder.

'XXXL.' De hond blafte. 'Een geblondeerde neger in baseballkleren, drie maten te groot. Een beetje slordige vader, zeggen ze, met veel liefjes. Ik vrees dat ook hij het niet heeft gehaald. De politie moet nog twee lichamen identificeren... Arm kind.'

'Pas goed op die hond, monsieur Martin,' zei de andere zus. 'Het zou mooi zijn als Fanta hem nog eens kon zien... zoveel familie heeft ze denk ik niet meer.' Ze aaide hem over z'n kop.

Wist ze hoe hij heette?

Nee, nee, zo goed kenden ze hem ook weer niet.

Het was druk in de hal van het politiebureau. Uniformen liepen in en uit, telefoons rinkelden, mannen in burger renden de trap op en af en bij de balie wachtten buurtbewoners die naar slachtoffers kwamen informeren. Mulder werd naar een zijlokaal verwezen, daar zou hij worden opgeroepen. Hij bleek niet de enige. Er was geen stoel meer vrij. Alle kleuren zaten daar, gesluierd, in trainingspak of vodden. Baby's jengelden, twee afgepeigerde zwervers waren tegen elkaars schouder in slaap gevallen. Hun armoe stonk.

'Goedemiddag,' zei Mulder. Hij werd ingeschat, toegeknikt en ging vlak naast een gesluierde vrouw staan. Ze schikte beschroomd haar doek. De mannen staarden voor zich uit. Mulder leunde tegen de muur, keek naar zijn schoenen. Niet eerder stond hij tussen zoveel zwijgen. Zijn brogues kraakten. Hij kroop terug in zichzelf, om opnieuw de wachtkamer binnen te komen. Neutraal, als een spion. Zijn ogen slopen geruisloos langs de gezichten. Gezichten die hij dagelijks in zijn buurt moest zijn tegengekomen, alledaagse passanten, maar in het benauwde lokaal werden ze plotseling vreemdelingen en deden ze hun best onzichtbaar voor hem te blijven.

De angst drukte op hun schouders. Niemand verried zijn land, toch hoorde hij hun talen – Arabisch, Wolof, Hindi, Pools en een geheimtaal die niet kon worden afgeluisterd.

De enige die de stilte doorbrak was de hond. Hij neusde brutaal alle schoenen af, hoe Mulder hem ook naar zich toe trok. Meteen na die drol op het plein had hij een riem aangeschaft, maar hij was niet te houden. Rook hij de geuren van zijn ouwe huis? Ook de gesluierde vrouw aaide hem. De hond liet ze toe, hem wel. Hij mocht zelfs een kind de oren wassen.

Aan de overkant zaten twee zwarte mannen op hun stoelen te wiebelen. Ze stootten elkaar aan. Onopvallend eerst, met hun ellebogen, tot ze begonnen te duwen en hun voeten schrapzetten om niet van hun stoel te vallen. De ene man wilde iets van de ander. Trok hem iets uit handen... Een lichtblauw gestreept plastic kaartje met een wazige foto. Ze vochten om een identiteitskaart. Bestudeerden de foto in de kom van hun hand.

'Ik ben het,' fluisterde de een.

'Dit keer is het mijn beurt,' zei de ander.

'Jij bent mij niet.'

Iedereen keek, niemand die het had gezien of gehoord.

Mulder werd opgeroepen: 'Monsieur Martin?' Een man in burger schudde hem de hand, hij had het dossier van de agent overgenomen. 'Dossier?' vroeg Mulder verbaasd. Ja, de zaak was nu in handen van de recherche. 'We zoeken de baas van de hond.' Hij keek naar de hond. 'Is dit 'm?' Voorstellen was er niet bij. 'Recherche,' daar moest Mulder het mee doen. Of hij maar wou volgen.

Ze betraden een uitgeleefde kamer met gebroken luxaflex en versleten stoelen. De planken van de open kasten bogen door onder ordners en papieren.

'Ter zake,' zei de rechercheur. Nog voor Mulder een stoel kreeg aangeboden moest hij een aantal foto's bekijken: mannen en vrouwen die allemaal hetzelfde huis verlieten. De deur van het kraakpand, verduidelijkte de rechercheur. Of hij die mensen kende?

'Nooit gezien,' zei hij.

'En die vrouwen? Ook niet die zwarte man met wit kroeshaar in dat oversized baseballshirt? Toch een opvallende figuur voor deze buurt.'

'Hielden jullie dat huis in de gaten?' vroeg Mulder.

De rechercheur bladerde door een dagrapport. 'De hond herkende u, maar u kent de hond niet... En het pand?'

'Alleen van langslopen, ja.' Hij had er wel eens voor stilgestaan, verbaasd over de tientallen bellen en een deur die altijd openstond.

En kende hij de eigenaar? Was hij er binnen geweest?

Nee, nooit. Leek hem vies daar binnen. Er was niet eens stromend water, dat haalden ze bij de kerk. Je zag die mensen dagelijks met water sjouwen.

'Dus u kent ze wel.' De rechercheur bood Mulder een stoel schuin tegenover zich aan en spreidde de foto's opnieuw uit.

Ja, ja, nu hij beter keek... misschien had hij een van die vrouwen ooit zien lopen.

'Aan vage herinneringen hebben we niks,' zei de rechercheur. 'Wie zag u voor het laatst? En waar?'

De hond zuchtte luid, hij wou naar buiten. Mulder hield een foto voor hem op. Geen sjoege. De rechercheur trok geërgerd het toetsenbord van zijn computer naar zich toe en klikte een leeg scherm open. 'Paspoort.' Hij vroeg het zonder hem aan te kijken.

Trillende handen reikten een paspoort aan.

De rechercheur bladerde, keek naar de foto en pas toen naar Mulder. 'Pardon? Hoe zei u ook alweer dat u heette?'

'Mulder.'

De rechercheur zocht in zijn papieren: 'Hier staat anders Martin.'

Mulder excuseerde zich: Ja, het was een vergissing geweest, een stommiteit. Hij had maar wat verzonnen, om ervan af te wezen. Het kwam door die hond, die had hem bij

zaken betrokken waar hij niets mee te maken had. Niets. Met die brand niet, met die mensen op de foto's niet. In restaurants gaf hij altijd een Franse naam op, anders kwam je als buitenlander op de tocht te zitten, of naast de wc.

'U liegt dus vaker,' constateerde de rechercheur.

Een ellendig gevoel bekroop Mulder. Deze man wist elk antwoord verkeerd uit te leggen. Hoe kon hij hem duidelijk maken dat hij geen oplichter was. Het kwam door die naam. Heel vreemd. Een naam op een gebarsten marmeren plaat:

Nicolas Martin, héros et martyr de la Résistance, assassiné le 16 décembre 1943. Zestien december 1943. De dag van zijn geboorte. Puur toeval. Een wisseling van de wacht: de een piept ertussenuit, de ander piept naar buiten. Hij probeerde zich die held voor te stellen, in zijn stervensuur in die nauwe straat... Mulders familie was door de oorlog getekend en hij had tijdens zijn wandelingen wel vaker stilgestaan bij gedenkplaten voor gesneuvelde strijders; honderden hingen er in het centrum, elke elfde november, op wapenstilstandsdag, herdacht de stad Parijs deze doden met een erelint en bloemen. Ook op hun sterfdagen zag hij vaak een bloem achter zo'n plaat gestoken – een gebaar van een dankbare buurtbewoner. Maar dit was een vergeten steen, op een donkere bouwval voor vergeten mensen. Een brand bracht hem weer in het licht. En ook de naam: Nicolas Martin. Een gebeitelde naam die een stem en gezicht kreeg toen Mulder er in gedachten verzonken naar staarde. Leg dat maar eens uit.

'U weet dat u strafbaar bent?' zei de rechercheur. Hij ging er serieus voor zitten en tikte de gegevens uit het paspoort in. Monsieur Mulder moest alles maar eens opbiechten: adres, beroep, waarom hij als Hollander in Parijs woonde, waar hij zich gisteravond omstreeks tien uur bevond, wat hij op de plaats van de brand zocht, met wie hij zoal omging, enzovoorts, enzovoorts.

Regel na regel danste over het scherm.

De rechercheur overzag tevreden zijn tikwerk. 'Zo, u begint een beetje voor ons te leven, een beetje maar... Eens even kijken... heb ik alle noodzakelijke vragen gesteld?' Hij cursiveerde hardop enkele antwoorden: '*Ongehuwd.* Uw hele leven al?'

'Het is er niet van gekomen.'

De rechercheur glimlachte fijntjes. Hij wilde ook nog weten wat *Zonder beroep* te beduiden had. Waar leefde monsieur eigenlijk van? Had hij een Franse bank? Onderwijl werden zijn schoenen geschat, het merkje op de borst van zijn overhemd, de plooi in zijn broek, z'n zijden das... Die blik, dat wantrouwen. Mulder ging die vent echt niet vertellen dat hij van een erfenis leefde die het hem mogelijk maakte in Parijs te wonen – de stad waar hij als student ooit gelukkig was geweest. Hij rook de sociale rancune al. En toch schaamde hij zich opeens. Liefst had hij ter plekke een beroep willen liegen. Nuttig willen zijn. Privésecretaris van Nicolas Martin. Ja, dat leek hem wel wat. Of secretaris van zijn hond. Hij schreef graag brieven. Kon hij de rechercheur tenminste imponeren met nederigheid: 'Ik ben zijn mond, zijn hand, zijn tolk.' Maar hij haalde onnozel zijn schouders op en zei: 'Ik doe niets. Helemaal niets.'

De rechercheur voerde de laatste gegevens in. Maakte een kopie van het paspoort en krabde aan de ingenaaide plastic kaart. 'Modelnummer 006,' zei hij spottend. 'Dat zien we wel meer.' Hij aaide de hond. 'En wat gebeurt er met jou? Wat dacht je van het asiel?'

'Dan kan hij beter bij mij blijven,' riep Mulder verontwaardigd.

'In het huis van bewaring?'

Mulder verbleekte.

'U begrijpt dat ik u nog even hier houd.' De rechercheur printte de papieren uit en keek hem grijnzend aan. 'Rustig maar, rustig.' Hij sloeg van plezier op zijn tafel. 'U kunt gaan, zolang u beiden beschikbaar blijft. We zullen u en zijn neus nog nodig hebben. Hij is de belangrijkste getuige, jammer dat hij niet praten kan.'

Buiten het politiebureau haalde Mulder opgelucht adem. Van die naam was hij af. Maar hij sloeg de hoek nog niet om of hij werd door een straatveger met monsieur Martin aangesproken. Hoe het nou toch ging met de hond? Nicolas Martin had hem zichtbaar gemaakt. De hond maakte hem zichtbaar.

Andermans naam, andermans hond; ze hoorden voorlopig bij elkaar.

De prentenwinkel op weg naar de kerk had een etalage aan de hond gewijd. Een fraai ingekleurde *foxhound*, twee sint-bernhards, terriërs, hazewinden, herdershonden en een negentiende-eeuwse gravure van een dierenhospitaal – honden met verband om kop en poten, reikhalzend naar een baas in doktersjas die een versterkend maal bereidt. Pronkstuk was de ingelijste prent van een Noorse *elkhond*. Trots en moedig, stond eronder. Hoewel Mulder zijn hond mooier vond – minder plomp en niet grijs maar goudbruin – beschouwde hij deze prent, ja, heel de etalage als een compliment. En het was daarna moeilijk te zien wie van de twee er trotser liep, baas of hond. Een tweede wasbeurt had wonderen gedaan, afgespoeld en opgeborsteld had de vacht zijn krul hervonden. Voller leek de hond, op zijn korstige staart na, en ook het jodium op de blaren had geholpen: hij hinkte minder. De ober – '*Bonjour, monsieur Martin*' – die Mulder koffie bracht, was *stupéfait*: onherkenbaar en dat na twee dagen!

Alleen de riem bleef een probleem. De hond trok. Los liep hij keurig naast zijn baas, maar aangelijnd kende hij geen manieren. Mulder had niets in te brengen als aan de overkant van de straat iemand nodig gegroet moest worden, zoals de man in een lange camel jas die luid in een vreemde taal liep te telefoneren. Een onaangenaam sujet, met geknoopte ceintuur en gemeen scherpe snor, maar een goede bekende van de hond, naar zijn vreugdedans te oordelen. De man dacht er anders over, want toen hij naar hem opsprong trapte hij hem hard in de flank. Mulder hapte naar adem, maar voor hij wat kon zeggen rende de schoft al weg, scheldend.

Het beest was duidelijk van slag, maar het incident weerhield hem er niet van Mulder aan anderen voor te stellen. Ze maakten een ronde door de buurt en stonden stil bij een keurige meneer die uit vuilniszakken at en een bedelares die haar afgegespte kunstbeen rammelend ophield. Hij durfde er niets in te gooien. En voor de hekken van het park hielden ze halt bij een zwerfster die hem ongevraagd haar rechterborst liet zien. Ja, ze had een vreselijke val gemaakt, blauw zag haar vlees, haar hemd was aan de wond vergroeid. Nee, hij hoefde de andere borst niet te zien. Uit verlegenheid gaf hij haar een euro.

Een paar dagen geleden zou hij aan die mensen zijn voorbijgegaan, maar sinds de hond schudde hij vele vieze handen. Iedereen stopte hem wat toe. Was het dan allemaal berekening? Of kon een hond werkelijk om mensen geven? Dicteerde zijn maag niet de omgang? Zijn neus had in ieder geval geen last van de weerstand die Mulder moest overwinnen – de geuren die hij opsnoof, de handen die hij wel móést schudden... Hij kwam zelfs tegenover een kromgegroeide man te staan die hij onmogelijk in de ogen kon kijken, zo laag hing het hoofd, op zijn knieën. Heerlijk voor de hond, eindelijk een volwassen mens op niveau, maar Mulder keek neer op een nek met jaarringen aangewaaid vuil. Hij gruwde, al veinsde hij het heel normaal te vinden.

Bij de *soupe populaire* bevond hij zich midden in een kluwen zwervers, gekken, oplichters, illegalen – stuk voor stuk vrienden van de hond, door honger tot elkaar gedreven. Hoewel er voor iedereen genoeg was, duwden ze elkaar weg voor de deur, maar tegenover de hond toonden ze hun beste kant. En ook zij begonnen over de brand. Ze spraken elkaar allemaal tegen en het dodental groeide van mond tot mond. Mulder wist niet eens van het bestaan van deze soupe, nog geen vijf minuten lopen van zijn huis, waar elke dag om kwart voor twaalf aan daklozen eten werd verstrekt. De hond trok hem naar een wereld waar hij geen flauw benul van had. Hij was er liever van verschoond gebleven – van het eelt dat zijn zachte handen beroerde, van hun vlekken die zijn smetteloosheid bespotten, van de stank in hun kleren. Hun slechte gebitten, snot. Het tastte hem aan, hun verhalen braken bij hem in. Maar hij kon niet meer terug. Niet de hond, híj zat aan de riem.

En aan al die vreemde mensen die hij die ochtend sprak, stelde hij dezelfde vraag: Hoe heet de hond? Médor, dacht de een, Oscar, zei een ander. Niemand die het wist.

De klok sloeg twaalf uur, een signaal voor de hond om voort te gaan. Zijn neus voerde hem naar het kerkplein. Met tegenzin gaf Mulder toe, want hij zag al van ver dat er een kraam was opgetrokken. Het weer hoefde maar even op te klaren of de kerk zette een schragentafel buiten om geld voor een of ander goed doel op te halen. De lelijkste dingen werden daar verkocht, met de blijste gezichten, alsof het ongepast was om misère met smaak te verlichten. Alleen al daarom liep hij er altijd met een grote boog omheen en ook de vreugde van het goeddoen stond hem tegen. Dit keer fladderde er een groep jonge nonnen rond, geïmporteerde giechelmeisjes uit Azië. Zelfs de roeping voor het kloosterleven werd afgekocht met gastarbeiders. Een priester in soutane pakte een doos uit, de hond herkende de rijzige rug en sprong tegen hem op. De soutane draaide zich om. Het was de pater, père Bruno, bleek, in statig zwart, sober. Hij en de nonnen hadden zojuist een kraam voor de slachtoffers van de brand ingericht – inderhaast bijeengegraaide snuisterijen, beschilderde jampotten, gekleide asbakken, door schoolkinderen gemaakte tekeningen. De huisvrouwen uit de buurt hadden zich uitgesloofd in quiche en cake bakken. De pater en de nonnen keken heel tevreden. De hond zette zijn tanden in een cake. Die moest Mulder dus wel kopen. En terwijl een non de restanten in folie rolde, vroeg Mulder of père Bruno eigenlijk wist hoe de hond heette.

Maar die haalde zijn schouders op: 'Zoveel bazen, zoveel namen. Voor de buurt is hij gewoon *Le Chien*.'

Hond, wat hond? Had hij geen recht op een eigen naam? Zou de man die hem had afgegeven het niet weten?

Père Bruno keek Mulder wantrouwend aan. 'Waarom is dat zo belangrijk, monsieur Martin?' Nee, hij kon verder niets over de hond vertellen, zijn biechtelingen wachtten. Hij draaide zich om, verschoof wat prullen in zijn kraam en haastte zich naar de kerk. Zijn soutane wapperde op de trappen. Dit is dus zíjn kerk, dacht Mulder. Hij slaat mij dus elke dag met zijn klokken mijn bed uit. De hond kent mijn uitzicht vanbinnen. Voortaan zou hij anders naar zijn torens kijken.

Een duif landde tussen de kramen en pikte de kruimels op. Mulder stak de cake in zijn zak en wilde achter père Bruno aan, kijken hoe een whiskypater zondaars lokt. Maar de hond moest eerst de duif opjagen, water drinken uit de fontein; het lunchuur brak aan, de secretaresses kwamen het plein op gewandeld en dat betekende bedelen, broodkorsten, de vette randjes van de ham. Hij had duidelijk geen enkele zin de kerk in te gaan. Maar dit keer toonde de baas zijn wil en hij trok de hond de trappen op.

Na het lezen van de lijst geboden op de klapdeuren, waarin om stilte en decente kleding werd verzocht, vroeg Mulder zich af of een hond eigenlijk wel de kerk in mocht. Hij aarzelde bij de reusachtige wijwaterschelp – misschien moest hij om een goede indruk te wekken een kruisteken slaan – maar het water was hem te troebel. Hij koos voor een slecht verlicht zijpad. De hond rukte zich bijna uit zijn halsband. Schrok hij van de schilderijen? Van de duistere nissen met heiligen? Ook bij de in het kaarslicht badende Maria zette hij zijn poten schrap, en zij lachte nog wel zo vredig. Hij gromde naar de kaarsen. Mulder hurkte, probeerde hem fluisterend gerust te stellen – op het marmer, oog in oog met de Heilige Maagd – en hij wist niet of hij zich nu moest schamen of dat hij moest lachen, want zijn fluisteren klonk als bidden en zijn hurken leek op knielen.

Achter in de kerk, in een zijkapel, onder twee grote schilderijen, stond père Bruno aan de deur van een rookglazen hok te morrelen. Een aquarium voor de zondaars. Te kijk voor iedereen. Een paar banken verder wachtten de biechtelingen. Allemaal vrouwen. Kwetsbaar, de handen op schoot. Ineens begreep Mulder het: de biecht moest zichtbaar zijn, opdat niemand er kwaad van kon denken. Père Bruno ging zijn hok in en knipte een schemerlamp aan. Een tafel en twee stoelen lichtten op. Mulder bekeek van achter een pilaar waar hij het best zou kunnen gaan zitten: met zicht op de zondaars en uit zicht van de pater. Niet achter zijn rug. De hond wees Mulder de weg naar een houten bank tegenover het hoofdaltaar, daar konden ze veinzen in gebed of in slaap te zijn en een scheef oog op beide partijen houden.

Père Bruno opende de glazen deur. 'Goedemiddag, Cathérine.' Die naam gaf Mulder haar, ooit liep er een Cathérine met zulke lange benen zijn leven binnen. Een giraffe schreed langs de pater. Cathérine ging recht tegenover hem zitten, bijna knie tegen knie. De pater duwde zijn stoel naar achteren. Hij keek haar recht in de ogen. Ze begon te huilen. De hond spitste zijn oren en piepte. Mulder snoerde hem de bek met cake. Père Bruno schoof Cathérine een doos tissues toe. Een papieren harmonica trok ze eruit, een waslijn gesnotter. Zonde, dacht Muller, nu kon hij haar klachten niet lezen. Haar tranen deden hem niets... Zijn Cathérine zou hebben gelachen.

Het was schemerig in het biechthok en de lippentaal liet veel te raden. De gebaren begreep Mulder: gevouwen handen, kruisteken, knieval. Maar de handelingen? Père Bruno haalde een papier uit een la, maakte een aantekening, zocht iets in een tas op de grond, overhandigde een envelop. Wenken voor een beter leven? Een bidprent? Cathérine wilde de pater bedanken, ze leunde voorover. Hij weerde haar af met zijn zegen.

Mulder ging verzitten, in beter licht. Een treurige parade klopte aan. Een huisvrouw (zorgelijk naar binnen, gesterkt naar buiten). Een zenuwachtig jong ding (zestien, hooguit, rafelhaar, zwanger). Père Bruno schudde zijn hoofd en trok zijn portemonnee. Daarna een alcoholiste, die zich voor het binnengaan stiekem moed had ingedronken (de in papier gewikkelde fles stak uit haar tas), gevolgd door twee Afrikaanse moeders (*fils, fils, fils* – het woord sprong van hun lippen).

Hoe langer hij daar zat, hoe dieper Mulder zich door de glazen doos naar binnen vrat. Hij wou die vrouwen begrijpen, hoe vreemd ze hem ook waren met hun gesmeek en geprevel, misschien verzon hij daarom ter plekke hun levens. De hond zuchtte onder de bank, hij leek de verhalen al te kennen. In de weinige pauzes die père Bruno zich gunde, sloeg hij de asem van de biechtelingen met een opgevouwen krant van zich af. Hij geeuwde. Een non kwam hem een glas thee brengen. Ze ging voor hem staan.

'Donder op,' fluisterde Mulder.

Nieuwe biechtelingen meldden zich aan. Onleesbare zonden. Père Bruno nam voor iedereen de tijd: vijf minuten.

Klapdeuren sloegen. Een kleine zwarte man haastte zich over het middenpad en tikte op het glas. De wachtenden protesteerden, maar de pater leek de man te kennen en kwam onmiddellijk zijn hok uit. Vreemde klanken. Ze spraken geen Frans.

De hond ontwaakte uit zijn dommel, spitste zijn oren en kroop onder de bank vandaan. Zijn nekhaar schoot overeind, hij gromde. Mulder kroelde hem achter de oren. Te laat, betrapt, de zwarte man keek hun kant uit en verdween snel achter het altaar. Père Bruno bleef in gedachten verzonken achter. Mulder kalmeerde de hond met een laatste stuk cake, maar hij smakte nog luider dan hij gromde. De pater keek boos op.

Een ander geluid trok zijn aandacht: twee agenten kwamen aangelopen. Hij leidde hen naar zijn hok. Brede ruggen ontnamen het uitzicht. Een vrouw diende zich hinkend aan: de bedelares met het kunstbeen. De pater liet ook haar binnen. Het glas besloeg. Even later kwamen de agenten lachend naar buiten, een van hen hield een brief in de hand.

De bedelares klampte zich aan de pater vast toen hij haar uitliet. '*Feu*,' zag Mulder hem zeggen, het enige lipleeswoord dat hij herkende. De vrouw zoende zijn handen. Père Bruno moest haar vingers van zijn pols pellen.

Een laatste smak en alle cakekruimels waren opgelikt. Stemmen klonken achter in de kerk, een misdienaar in kanten hemd haalde een vaas bloemen van het altaar. Het orgel begon te spelen. Een vreselijk gejank klonk op, trillend op vier poten, klaaglijk luid tegen de hoge tonen in. Mulder kromp van schaamte ineen en haastte zich naar de uitgang.

Buiten, op een van de pilaren in het voorportaal van de kerk, hingen drie rouwberichten, drie namen met een kruis erboven. Een man, een vrouw en hun kind. Goed voor drie begrafenissen en één mis. Een bij de brand omgekomen gezin. Ismael, Denada, Albana. Waar kwamen die mensen vandaan? Met hun namen nog voor ogen, hoorde Mulder bij de kiosk van een andere dode, een meisje van tweeëneenhalf. De gebedsstonde was nog die middag. 'Wij moslims begraven ons verdriet zo snel mogelijk,' zei de kioskhouder. Zou Mulder daar welkom zijn? 'Welzeker.' De kioskhouder gaf hem het adres.

Hij had een minaret verwacht, maar Allah moest het met een schoorsteen doen. Het opgegeven adres bleek een oude fabriek. Ze staken een binnenplaats over en hoorden gemurmel achter een gemeniede schuifdeur. Hij klopte aan. De stemmen zwegen, maar er werd niet opengedaan. Hij trok aan de hendel en snoof een kier bittere honing op. Sjofel geklede mannen op sokken wachtten tot de moskee openging. Mulder wilde zich bij hen voegen maar werd onmiddellijk tegengehouden. Hij was geen moslim.

'Waaraan ziet u dat?' vroeg hij aan een man die zangerig Frans sprak.

De man krabde aan zijn baard. 'Uw hoofd is niet bedekt.'

Mulder zweeg, maar zijn lichaam vloekte. 'De hond kende het meisje,' zei hij.

Een hond! Waar? De man rukte aan de schuifdeur, wilde hem verjagen. 'Honden zijn onrein.' De gebedsruimte was alleen toegankelijk voor gelovigen.

De hond beefde tussen Mulders benen. Een vrouw kwam

aangesneld en wenkte hem mee te lopen naar een bijgebouw waar het rouwmaal werd bereid. 'Ik ben haar tante,' fluisterde ze. 'Honden verjagen de engelen. Als ze geblaf horen, gaan ze aan onze gebeden voorbij en engelen heeft dit kind hard nodig.'

'Wie niet,' zei Mulder, die zijn best deed een gelovige indruk te maken.

'Maar dit is het kind van een slechte moeder.'

De tante ging hem voor naar een geïmproviseerde keuken met getraliede ramen, waar een groep vrouwen in zwarte gewaden en witte hoofddoeken aan tafel zat. Een pan olie dampte op het butagas. Voor het raam stonden kommen kebab, schalen met pasteitjes en zoetigheden, druipend van honing.

'U kende Wahda?' vroeg de vrouw. Hij begreep haar niet. Wahda was een van de overleden meisjes, op zolder gevonden, tweeëneenhalf jaar oud. Vermoord was ze, ja, uit geldlust vermoord. De vriendinnen vielen haar bij, in het Frans, in het Arabisch – keelklanken van verontwaardiging gingen over en weer. Mulder schoof aan bij de geruchten. De huisbaas, ja, die had het huis in de brand gestoken, om de huurders eruit te krijgen en er dure appartementen van te maken.

De hond was onder de tafel gedoken en stak zijn neus in tassen en dozen. Mulder wou ingrijpen, maar de tante wierp al pratend een brok gehakt op de grond. 'Het is een goed beest,' zei ze, 'we hebben over hem gehoord.' De vrouwen kenden zijn heldendaden, jammer alleen dat hij Wahda niet had kunnen redden. Maar zo moest het zijn. Allah wilde de moeder straffen. Een afvallige was ze: ze had haar man verlaten.

'Waarom zo streng, moet u haar niet troosten?' informeerde Mulder voorzichtig.

'Allah troost haar door het kind in de hemel op te nemen.'

'Maar niet hoog in de hemel,' zei een vriendin die klodders kebab aan een spies reeg, 'ze leefde te kort om te kunnen bewijzen hoe deugdzaam ze was.'

Wat viel een kind van tweeëneenhalf jaar te vergeven?

'Had ze langer geleefd, dan was ze vast een zondaar geworden, net als haar moeder. Daarom heeft Allah haar eerder tot zich genomen, om haar te redden.'

Gesnerp van rubberwielen vulde de binnenplaats. Het kistje werd op een steekkar voorgereden en door een paar jonge jongens de moskee in gedragen. Stemmen dreunden achter de ijzeren deur. De vrouwen verdrongen zich achter het getraliede raam om een glimp van het kistje op te vangen, in wit linnen gewikkeld, schommelend op de schouders van mannen met gehaakte kalotjes. De hond leek Wahda's aanwezigheid te voelen: hij piepte zacht, met scheve kop.

Waar was de moeder?

De moeder die haar man had verlaten, een goede man uit een vooraanstaande familie? Nee, zij was er niet. Haar vader zou het kind begraven in zijn geboorteland Irak. Die avond zou hij al vertrekken. Het kind zou in welkome grond worden begraven, niet in kilte en vernedering, maar onder palmen die vruchten droegen, op een plaats waar de zon scheen en de sterren lichtten. En de moeder? Mochten haar longen vol as raken en de brand nog lang in haar hart smeulen. De vrouwen spuugden hun haat op de grond – en op de hond... maar dat speet hun. Als troost mocht hij hun gehakthanden aflikken.

Een paar uur later werd Mulder bij de fontein door een straatveger aangesproken: de Afrikanen verzamelden zich om halfnegen voor een herdenking. 'Twee zusjes, een van tien, een van acht, aan hun brandwonden overleden. Ze gaan geld inzamelen voor hun begrafenis in Kameroen.' De man, een reus van een Senegalees, legde hem breedvoerig uit in welke wijk en welke straat het was, hij bood zelfs aan met monsieur Martin mee te gaan, maar daar schrok Mulder toch van, hoezeer het hem later ook speet. Hij kende Parijs, zei hij, elke uithoek. Het Parijs van de jaren zestig. Vooral de buurten waar Afrikanen woonden; als student was hij daar meer dan eens blijven hangen – in de tijd dat hij grote reizen wilde maken en ervan droomde dwars door Afrika te trekken. Hij herinnerde zich een bezoek aan een verveloos eethuis met de naam *La démocratie Africaine*, waar een mollige vrouw hem een bord in palmolie gebakken cassave serveerde, zijn eerste Afrikaanse maal. Het eethuis bleek een trefpunt voor politieke vluchtelingen te zijn – *sans papiers*, toen al. Iedereen maakte plezier in dat café, alsof het de leukste plaats op aarde was. Ze hadden hem een muurschildering op de cour naast de plee laten zien. Afrika in de vorm van een doodskist met engelenvleugels. *Riche et pauvre égalité à la mort* stond eronder. Pas toen begreep hij de naam van het café. Hij deed reuze zijn best een glimlach te forceren, maar het lukte hem niet. God, wat had hij zijn stijfheid vervloekt.

De hond kende de weg beter dan zijn baas. Hij sloeg straten in die Mulder gewoonlijk voorbijging, stak pleinen over waar jonge kerels verveeld op banken hingen, gromde naar onguur volk, alleen al daarom moest Mulder hem volgen want hij voelde zich weinig op zijn gemak. Aan het eind van een doodlopende straat wachtte een zwarte auto versierd met kanten strikken, ze hoorden getoeter en luide stemmen. Een trouwerij, dacht Mulder. Maar de hond wist beter. Achter het lawaai bevond zich een steeg die naar een verwaarloosde opslagplaats leidde waar een groep vrouwen zich voor de rouw opmaakte – ze speldden elkaar zwarte hoofddoeken op. Mulder wilde omkeren, hij was de enige man, de enige blanke, maar de hond liet zich aaien en groeten. De vrouwen maakten aanstalten een oude loods binnen te gaan. Mulder keek verbaasd om zich heen, hij was in een andere wereld beland, hij rook houtvuur, palmolie, hoorde het gerammel van pannen en lege flessen, kakelende kippen. Dit was niet de stad die hij uit zijn wandelingen kende, er bleek binnen de ringweg nog een tweede Parijs te bestaan, verscholen achter vervallen façades van verlaten fabrieken, achter de hoge muren van in onbruik geraakte depots, afgesneden van water en licht, een stad buiten het oog van de wet, opgetrokken uit golfplaat en bouwzeil, clandestien bewoond, met eigen regels, waar een ander evangelie op de muren werd gekalkt: *'Dieu en a marre. Dieu est aussi noir.'* God is het zat. God is ook zwart.

Maar de zwarte God liet Mulder niet toe. Een man in een glimpak hield hem tegen bij de deur. *Oncle* noemde hij zich. De oom van de meisjes. De oom van iedereen. Oom priester. Hij zei dat de dood een reis van het zichtbare naar het onzichtbare was, naar de wereld van de geesten. En die geesten werden aanstonds opgeroepen. Een blanke zou die riten niet begrijpen, maar een bijdrage was altijd welkom. 'Zonder materiële kracht geen geestelijke kracht.' Hij hield zijn hand op.

De hond drong zich naar voren. 'Mag hij dan geen afscheid nemen?' vroeg Mulder. 'Hij komt ook uit Afrika.'

Oncle kende de hond. Hij dacht na... Achter zijn rug woelden stemmen, getrommel.

Nu de meisjes in het land van hun voorouders zouden worden begraven, was het belangrijk de zegen voor hun overtocht te vragen. Een tastbare herinnering kon daarbij helpen, een offer, een voorwerp van hun liefde, iets wat ze vaak in handen hadden gehad, waarin al hun bewegingen verborgen zaten...

Oncle keek naar de hond.

'Alles is verbrand,' zei hij. 'Zelfs hun oorbellen zijn gesmolten.'

Zuchten over en weer. Een koor zong de hemel open. De trommelaars voerden hun ritme op.

Oncle kon wel een uitzondering maken. Mulder excuseerde zich, wilde zich vooral niet opdringen. De hond leidde hem, hij zocht naar sporen uit z'n verleden.

Oncle werd ongeduldig. Het ging niet om meneer maar om de hond. Alleen de hond mocht binnen, om zijn baas te vertegenwoordigen. Als meneer tenminste bereid was...

'Maar ík ben zijn baas,' zei Mulder.

Was dit dan niet de hond van Triple X? Die lafaard! Hij durfde niet eens naar de rouwdienst van zijn eigen kind te komen.

De hond spitste gespannen zijn oren. Mulder aaide hem kalm.

'Wij moeten de geesten gunstig stemmen,' zei Oncle en hij nam de hond bij de riem.

Mulder aarzelde... maar hij gaf hem niet af.

Mulder kon die nacht de slaap slecht vatten. Hij telde de hele en halve uren van zijn torens, maar hoorde ook de klokken uit de verborgen kloostertuinen, geklepper dat opriep tot de

metten. Hoe vroeg werd er achter al die oude muren niet gebeden? Zijn buurt blonk uit in geloven. Al eeuwen. Hij kende de deuren van de vreemde ordes, de rusthuizen voor religieuzen, het seminarie, hij wist van de kapellen en een heilige in een glazen kist, hij was er altijd zonder nadenken aan voorbijgegaan, maar uren liggend en luisterend werd hij zich ineens bewust van al die vroomheid.

De hond lag naast hem, op de andere helft van zijn bed, de harde, al jaren onbeslapen helft. 'Wat heb je me allemaal laten zien?' vroeg Mulder. 'Welke woeste weg heb je met me voor?' De hond keek hem liefdevol aan, luisterde, deed zelfs zijn best iets terug te zeggen, met zijn neus, die hij optrok en heen en weer bewoog, een neus die zei: dit is nog maar het begin.

De mairie had een condoleanceregister voor de brandslachtoffers geopend, een vereniging voor daklozen riep op tot een protestbijeenkomst waar malafide huiseigenaren zouden worden aangeklaagd en boeddhisten hielden een rouwdienst in een buitenwijk. Mulder las de aankondigingen op de lantaarnpalen en winkelpuien in de buurt. Ook Ismael, Denada en Albana kregen nog hun mis – de luiklokken herinnerden eraan. De keuze was aan de hond. Maar toen ze langs de kerk wandelden en de orgeltonen door het glas in lood naar buiten stroomden, begon hij al te blaffen en lichtte hij zijn poot tegen de muur. De katholieken vielen dus af.

Mulder stak de straat over, weg van kruis en plein. De hond volgde gedwee, tot hij kinderen voorbij hoorde rennen. Hun geroezemoes lokte. De vreemde geuren van toegestroomd volk. Terug naar de kerk. De grote deuren stonden open en honderden mensen hadden zich onder aan de trappen verzameld. Limousines reden voor en een opgedoft gezelschap stapte uit. Lange leren jassen, haarlak en opzichtige juwelen. En liep daar niet de man die zijn hond had getrapt, de schoft met de scherpe snor? Bloemen werden aangedragen, bollend wit, met bedrukte linten en kransen – zoveel eer voor drie arme sloebers naar wie vóór de brand niemand omzag? Fotografen flitsten, alle buurtbedelaars waren uitgelopen, de vrouw met het kunstbeen hinkte brutaal de trap op. Père Bruno wachtte boven aan het bordes en verwelkomde de gasten.

Enthousiaste kreten klonken op. Mensen verdrongen zich. De hond trok nieuwsgierig naar voren en Mulder volgde beschaamd. Maar het orgel zette zo luid in dat de hond rillend afdroop. Dit keer gaf de riem niet mee, zijn baas zat klem. Een limousine kwam het plein op rijden. De kleine minister stapte uit. Applaus. Hij was weer met zijn vrouw! Ze schikte de zwarte bontkraag van haar mantelpak en draaide even naar het publiek, zelfs haar lippenstift was in de rouw. En daar, daar! Vingers wezen naar de trap: bekende televisiekoppen. Ze zoenden elkaar – zeer ingetogen. De wind speelde gemeen in het ingeplante haar van de nieuwslezer. De roem had een ramp ontdekt.

Een padvinder trad naar voren, een jochie in korte broek. Hij boog voor de kisten die naar boven werden gedragen – twee grote en een kleine, langs een erehaag van schoolkinderen. Meisjes in witte jurken, jongens in blauwe korte broeken. Het orgel viel stil en de padvinder blies op een trompet. Mulder verstarde. Hij haatte trompet, hij haatte uniformen. Een andere dode werd in hem losgeblazen en hij zag zichzelf in korte broek in de houding staan voor de stijve tonen van een militaire kapel... Hij liet de riem op de grond vallen, liep zonder om te kijken de trappen op en schudde de pater de hand, alsof ook hij een hoge gast was. Daarna sloten de deuren achter hem.

De wijwaterschelp gaapte vol fris water. *Mensetend weekdier*, vermeldde een bordje met uitleg – *18de eeuw*. Mulder liet zich niet kennen, bekruiste zich met druipende vuist en verstopte zich achter een pilaar. Père Bruno schreed over het middenpad, in kanten hemd en goudbrokaten mantel, zich bewust van de honderden ogen – zo'n overvolle kerk had hij in jaren niet gehad. Politici en roem zaten op de eerste rij en de scholieren plooiden nog snel de linten van de bloemstukken met de letters naar boven. Het rouwen moest zichtbaar zijn. De drie kisten waren voor het altaar geplaatst, in een gloed van hoge kaarsen. Drie vluchtelingen uit de Balkan, zonder familie, opgeëist als symbool van solidariteit, ten leste ondergebracht in pronkhulzen voor maden en botten – steviger dan hun laatste woonhuis.

Een blauwe damp danste in het binnenvallend licht, maar het drong nauwelijks tot Mulder door, zoals ook de handelingen van de priesters aan hem voorbijgingen – het waren er plotseling drie die met boek en wierookvat hun spel opvoerden. De kisten verdwenen uit zicht, de lage tonen van het orgel sloegen tegen de muren en Mulder voelde een trilling langs zijn benen gaan, over zijn rug, tot aan zijn kruin. Een oorlogsmars trok door hem heen. Zo boosaardig luid, dat binnen in het lawaai weer een stilte ontstond en hij zich zijn angst hoorde wegslikken. Hij vloekte binnensmonds en verliet de kerk. Zijn hond vond hij achter een pilaar in het voorportaal, met de riem in de bek en zijn poten over z'n oren, naast de vrouw met het losgegespte bedelbeen.

'Monsieur,' riep ze. Mulder deed net of hij haar niet hoorde, hij kon niet tegen die blauwrode stomp, één glimp en hij voelde het amputatiemes al op zijn dij. 'Monsieur.'

'Een andere keer.'

'Kent u de pater?'

'Nog niet,' zei hij nors.

'Jawel, ik zag u hem de hand schudden.' Mulder liep door, maar de vrouw hees zich op en hinkte achter hem aan. 'Luister... was die hand niet.' Ze rammelde met haar prothese. Mulder zocht naar kleingeld. 'U hebt een heilige de hand geschud.' Ze zei het fluisterend, in een walm van alcohol: 'Onze Bruno is een heilige.'

Mulder keek haar verbaasd aan.

'U weet toch wat ze over hem zeggen?' Ze keek om zich heen, aarzelde of ze hem het geheim kon toevertrouwen... 'Hij poept en piest niet. Hebt u hem ooit naar de wc zien gaan als hij de biecht afneemt? Hij luistert en bidt, maar zondert zich nooit af. Vraag het aan de nonnen! Heus, hij poept en piest niet. Een windje misschien, net als een engel.' Ze keek verliefd omhoog. 'Ja, onze Bruno is een afgedaalde engel.'

Mulder liet een munt in haar been vallen. En hij vroeg zich af hoe ongelukkig je moest zijn om in engelen te kunnen geloven.

De hond snoof de geur van de buitenwijken op en zette er flink de pas in. De rauwe stemmen op de balkons van woonkazernes, de valwinden die om de blinde muren joegen, het stuifzand aangewaaid uit nog te bebouwen desolate vlaktes, het deerde hem niet. Misschien omdat het hem aan Afrika herinnerde. Mulder en hij doorstaken bleekbetonnen binnenpleinen waar de verveling littekens had geslagen. Alles wat op de tekentafels van architecten bedoeld was om te verfraaien – fontein, bank, speelplaats, plantsoen – was gemold, vervallen en tot dumpplaats van huisvuil verworden. Maar de neus van de hond kwam niets tekort. Hier geen schone goten en geen straatvegers die dagelijks een helder beekje langs de trottoirs lieten stromen, maar bergen afval, restanten junkfood, milkshakebekers. Hij wroette en likte en kauwde. Mulder had het na een dag al opgegeven hem dat af te leren. Vreten wat ie vreten kon was zijn tweede natuur geworden, uit noodzaak, anders had hij zijn reis naar het noorden niet overleefd. Zijn maag wist zelfs uit een papieren zak nog iets voedzaams te destilleren. Sterk was hij, gespierd tot in elke vezel, en je zag het aan zijn loop, aan zijn blik – zelfverzekerd, maar ook oplettend. Om de zoveel meter hield hij stil en spitste de oren, het geringste geluid werd op goed en kwaad beoordeeld. Zo anders dan de honden uit Mulders jeugd. Geen doorgefokt ras, maar een overlever bij wie oude instincten noodgedwongen naar boven waren gekomen. Verdacht op de aanval, waar hij ook zat of lag, altijd zijn kwetsbare pens afgedekt. Niet agressief, eerder een hond die het vechten ontweek – een verdediger. Maar als het moest vloog hij zijn vijand naar de strot. En hij voorvoelde gevaar... Híj zag die jongen met het mes aan de overkant van de straat, híj trok Mulder een bushokje in toen die een graffititekst probeerde te ontcijferen (*police assassins*) en niet doorhad dat er nog geen paar meter verder een stelletje dieven bezig was een scooter te stelen. Jochies nog, maar behendig en brutaal. De jongen met het mes peuterde het slot open en startte het ding. Ze knetterden er om beurten uitdagend mee rond, onder het oog van de caissière van de benzinepomp waar de scooter geparkeerd stond. Ze lieten hem steigeren en remden zwarte sporen, raasden langs de pompen, stompten met de vuist op tankende auto's. De caissière bonkte op de ramen, maar ze bleven terugkeren. Een kleine bestelauto toeterde, hij wilde tanken. De scooter glipte voor hem langs. De chauffeur, een boom van een kerel, stapte uit en trok aan de slang. Ze vochten erom. De chauffeur gaf een trap tegen de scooter, maar de scooterjongens trapten terug. Snel en hard. Van voor en van achter. De man struikelde, ze trapten door. Een tankende klant probeerde tussenbeide te komen, tot hij een mes zag en terugdeinsde. De hond blafte, rukte aan zijn riem, maar Mulder durfde hem niet te laten gaan en duwde hem met kop en al op de grond om zijn blaf te smoren. Hij lag op zijn hond en beet hem in zijn nekvel, uit liefde, uit angst en om die trappende schoften weg te bijten. Iets kraakte. In de man. In de hond. In hém.

De politie kwam aangeloeid. De jongens stoven uiteen, alle klanten waren ervandoor. Mulder richtte zich op: de chauffeur van de bestelauto lag naast zijn auto, zijn hoofd bloedde hevig. Een ambulance reed voor. Pompiers in blauwe broeken met lichtgevende strepen knielden bij de man, ze haalden een zuurstofmasker tevoorschijn. Hij wilde naar voren lopen om zich als getuige te melden. Maar plotseling stond een van die jongens voor hem, brutaal grijnzend, teruggekomen om een in de haast verloren baseballpetje op te rapen.

'Wat zoek je hier?' vroeg hij.

'Niets,' zei Mulder. 'Niets.'

De hond zette zijn poten schrap, maar Mulder liet hem tollen aan zijn riem. Ze liepen snel door.

In de tempel kwamen baas en hond hijgend tot rust. Mulder had zich kunnen wassen, de hond likte het stof van zijn poten. Kreukels en vlekken vielen niet op tussen het sjofele gezelschap dat na het werk nog even een dode kwam groeten. Vermoeide mannen en vrouwen zaten gehurkt op rieten matten in een gele kamer blauw van de wierook, met de jas nog aan, behalve de kaalgeschoren monnik, die een mollige schouder bloot liet. Achterin las een vrouw een krant met kringelletters, twee mannen fluisterden met elkaar, een meisje zat te sms'en en buiten knalde een voetbal tegen een muur – als een rouwende gong. Mulder moest zijn hond wreed met de halsband snoeren om het op het altaar geofferde eten buiten zijn bereik te houden. Elk bordje dat de monnik voor Boeddha's buik neerzette, volgde hij met open bek en hij luisterde met scheve kop naar de gebeden, aandachtiger dan de aanwezigen, die hun eigen religieuze taal niet begrepen of het monotoon geprevel te vaak hadden gehoord om er nog van op te kijken. Pas toen de monnik verder ging in het Frans veerden de rouwenden op: ze werden aangespoord de aardse dingen los te laten en zich niet te vergapen aan rijkdom en weelde. Wensen verstoorden de innerlijke rust. De hond liet de woorden op zich inwerken en viel in een diepe slaap.

Volgens de monnik school in het onbeheerst verlangen het allergrootste ongeluk. Vasthouden was de oorzaak van alle ellende. Bij de dood past geen treurnis. Was geboorte niet erger? 'De geboorte ligt aan de wortel van ons lijden. Ouderdom, ziekte en dood zijn de takken, bladeren, bloemen en vruchten van onze geboorte. En van de wortels tot de vruchten smaakt alles bitter.' Het was een welgedane monnik, de smaak van het leven had hem niet belet het er aan tafel flink van te nemen. Ook aan zijn taal was veel blijven kleven.

Tegenover het altaar zat een vrouw, kaarsrecht en alleen, in zichzelf gekeerd, zich niet bewust van haar schoonheid. Zij moest de weduwe zijn, een schoonmaakster die uit werken was toen de brand haar man in bed verraste. De andere gelovigen kenden haar pas kort. Ze wisten van de brand en het verkoolde lijk, ze spraken er heel nuchter over. Verzadigd van ellende als ze waren, was niemand echt begaan. Sri Lanka bond hen. En Boeddha. De monnik had hen opgetrommeld. Helaas kregen ze niet eens wat te eten. Wat kon je ook verwachten bij een illegaal? ('Ze trekken ons allemaal mee naar beneden,' zei een oude man. 'Wij kunnen ook niet voor ze zorgen.') Er was zelfs geen geld om het lijk terug naar zijn geboorteland te sturen, noch om het naar behoren in Parijs te cremeren. Het lag nog in een mortuarium. De gemeenteambtenaren moesten maar beslissen.

Was dat het loslaten waar de monnik over sprak? Of hielp de armoe een handje?

Plotseling stond de weduwe op en draaide zich om naar de aanwezigen. 'Neem me niet kwalijk, zij die spreken weten niet wat er is gebeurd en zij die het weten spreken niet, dus laten we zwijgen. Treuren kan ook zonder stem. Mijn man en ik hielden van de stilte, het was onze beste vriend en hij heeft ons nooit verraden. Wat valt er nog te zeggen? Gedachten zijn belangrijker dan woorden. De Boeddha leert het ons: geluk is eenvoudig, ongeluk ook. Ik was getrouwd, maar de brand heeft me weer ongetrouwd gemaakt. Bekommer u niet om mij. Bekommer u om een lijk. Ik red mijzelf.' Ze stak een wierookstokje aan en ging zitten.

De bezoekers knikten instemmend. De monnik zuchtte, zocht iets in de buik van zijn lappenmantel en haalde een banaan tevoorschijn. Hij begon een banaantje te pellen! Mulder stootte zijn hond wakker, hij moest zijn verbazing en zijn bewondering voor deze vrouw met iemand delen. Haar ogen vlamden, maar de monnik glimlachte. En de Boeddha grijnsde.

Iedereen zweeg. Een zwijgen dat duurde en duurde. De hond roffelde met zijn staart. Na het doven van de wierook stond de vrouw op en liep naar de deur. Mulder moest zich bedwingen niet achter haar aan te lopen. Maar zijn hond was hem voor: hij herkende haar in het voorbijgaan, trok zich met een ruk los. Ook zij reageerde verrast. Ze knielde en liet zich door hem troosten. Noemde ze hem bij zijn naam?

Claude, 32 jaar, voor niks gedood, las Mulder de volgende morgen in de krant. Een atleet, rugbyspeler, vader van vier kinderen, overleden aan de gevolgen van een schop tegen zijn slaap. Vermoedelijke dader: een jongen die bij de benzinepomp voordrong met zijn scooter. Zeventien jaar oud. De politie zoekt getuigen.

Het bericht kleurde hun wandelingen. En de hond keek onderweg meer naar hem om dan ooit. 'Doe wat,' leek hij te zeggen, 'doe wat.'

Mulder draalde. Dagen al. Hij probeerde languit op de bank een boek te lezen, met de hond hoog tegen zich aan, maar er drong geen woord tot hem door. De hond las, hij duwde met zijn snuit de bladzijden om. Mulder overwoog om naar de politie te gaan, maar hij zag zich al weer tegenover zo'n wantrouwende agent zitten, wat moesten ze met zijn vage beschrijvingen van schoffies op een scooter? Reken maar dat hij als leugenaar in de computer stond en nu zouden ze ook nog ontdekken dat ie een lafaard was – een man die naar een moord had staan gluren. Toch liep hij langs het bureau, stond voor de deur stil, legde denkbeeldige verklaringen af en liep weer door, doelloos in de voorjaarswind, die hem nog onrustiger maakte. Een wind die na een lange wandeling tot storm werd en de lucht deed betrekken. Het begon te hagelen. Een donderend geluid roffelde over autodaken en zonneschermen. Putdeksels die het water niet konden verwerken, schoten los. Mulder en hond schuilden onder de luifel van een bloemenstal. Het bliksemde, de hond bibberde tegen hem aan, oren plat, maar kop op. Ze snoven de zoete geur van inderhaast naar binnen gedragen emmers rozen op en rilden van de kou. Het was hooguit tweehonderd meter lopen naar een metro-ingang, maar ze waagden zich nog niet aan de oversteek, de hagelstenen waren te groot. De straten waren uitgestorven, auto's en bussen stonden stil langs de trottoirs, wandelaars schuilden waar ze maar konden, de cafés puilden uit.

De hagel minderde. Een bliksem kaatste op de vergulde koepel van een kapel. Vonken sprongen eraf. En op dat moment van ingehouden adem – geen beweging, stemmen, toeters, alleen het geplas van goten en druppels – liep een eenzame figuur de trappen van de metro op. Heel langzaam. Een grote zwarte man. Halverwege hield hij stil, hoofd naar achteren, alsof hij de laatste hagel wilde proeven. De hond blafte naar hem. De man keek verbaasd om zich heen, zag de hond, draaide zich meteen weer om en rende de trap af. Mulder werd onder de luifel weggerukt, de hond zette blaffend de achtervolging in. Mulder liet zich verbouwereerd meevoeren, rende door de plassen, gleed bijna de gladde trap af. Tijd om naar zijn metrokaartjes te zoeken werd hem niet gegund, de hond glipte onder het tourniquet door en blafte hem uit – stijve hark die hij was. Mulder zat klem, met moeite klauterde hij eroverheen, commentaar van omstanders sussend. De hond was niet meer te houden. Los die riem. Weg stoof ie. Mulder sukkelde achter zijn geblaf aan en vond hem al snel aan het andere eind van een perron, dansend om een zwarte man met een gehaakte muts, in veel te grote sportkleren. De metro reed binnen, hond en man doken dezelfde coupé in. Mulder rende naar voren en kon nog net naar binnen springen, minstens tien coupés van het tweetal verwijderd. Hijgend leunde hij tegen het raam. Wie had de hond nu weer herkend? Triple X?

Bij elke halte speurde Mulder het perron af, hij durfde niet uit te stappen en naar voren te lopen, de metro was overvol en de passagiers verdrongen zich bij de deuren. Na enkele haltes stormde de man naar buiten. De hond rende opgewonden achter hem aan. Mulder drong zich naar voren, duwde een muzikant omver, liep dwars door het snoertje dat de oren van twee geliefden aan één iPod verbond en haalde de hond in. 'Triple X,' riep Mulder. Maar de man keek niet om. De hond, twijfelend tussen twee meesters, sprong naar beiden op.

Buiten was het verkeer weer op gang gekomen, auto's reden door plassen, een ijzerhandel pompte zijn kelder uit, het jonge groen was van de bomen gegeseld, stoepen werden schoongebezemd en tussen al dat gewoel door rende Mulder achter een hond en een zwarte reus aan. Slippend op doorweekte schoenen, onder de spatten. Hij voelde steken in zijn borst en raakte steeds verder achter, vergiste zich in een zijstraat – zoals altijd wanneer hij in paniek was – maar werd weer teruggeblaft. Zijn torens wenkten, hij belandde in zijn eigen buurt. En daar, in de drukte van het lunchuur, verloor hij zijn hond uit het oog. Niemand had hem gezien, wie hij het ook vroeg, de obers van het café, de kioskhouder, een straatveger – ze deden allemaal even afwezig. Weg was ie. Uit zijn leven gerend.

Hij liep naar de soupe, waar de zwervers uit de buurt nog rondhingen, maar die wisten zonder hond niet eens wie hij was en hielden versuft hun hand naar hem op. Ook de Arabier, die zijn kisten buiten zette, zag hem nauwelijks staan. Mulder voelde zich weer onzichtbaar worden...

Geblaf, hij hoorde geblaf, ergens achter op een cour, ja, dat was zijn hond, het moest 'm zijn. Hij volgde zijn oren en hield stil bij dikke houten deuren, maar alle binnenhoven waren afgesloten, hij kon de richting niet duiden, draaide rondjes door de stegen en riep naar een hond zonder naam: 'Waar zit je? Waar ben je?' Opnieuw geblaf. Zijn oren brachten hem naar de straat van het uitgebrande kraakhuis – zonder dat hij er erg in had. Hij keek op naar de dichtgetimmerde doodshoofdramen. Zou hij daar...? Hij had het kunnen weten. De houten planken voor de deur waren ingetrapt, de boeketten ruw opzijgeschoven. Mulder stak zijn hoofd door het gat en keek in een geblakerd hol. Riep. Maar hoorde alleen water langs de muren sijpelen. Hij kon nauwelijks wat zien, al viel er een flauw licht door het gebroken dak in het trappenhuis. Hij trok een plank weg en liep op de tast naar binnen. Hij zakte weg in roet en gruis, zijn voet bleef haken... de trap was ingestort. Voetje voor voetje schuifelde hij weer terug en haalde zijn jas open aan een spijker. Vuil en doorweekt stampte hij voor het kraakpand de modder van zijn schoenen.

Doe iets.

Dit? Naar een winkelhaak in je jas staren. Stom voor een uitgebrand huis op een hond wachten.

Het kraakhuis was een bedevaartsoord geworden. Er lagen boeketten op de stoep, met aangehechte brieven, kindertekeningen en teddyberen – boodschappers van opgelegde rouw. Tegen de gevels hingen borden met foto's van de brand, vastgeprikt in plastic mappen. Mulder griezelde van al dat geëtaleerde sentiment, maar zijn hond was er gek op, trok er bijna elke avondwandeling heen. De plaats viel niet te vermijden. Alsof hij er nog iemand verwachtte. Zijn ware baas. En nu stond Mulder ondanks zijn weerstand de vertrapte boeketten te schikken en ging zijn vinger langs de lijst met slachtoffers die de mairie onlangs had vrijgegeven. De doden hadden eindelijk namen gekregen. Triple X werd niet genoemd. Een dichtgetimmerd raam links naast de deur was bevorderd tot hemelse brievenbus: daar hing de post voor God. Onder een stuk plastic. Vol spelfouten en regenvlekken. Alsof de schrijvers snikkend hun intiemste verlangens aan God hadden toevertrouwd. Er zat een briefje bij van een jongetje dat sinds de brand zijn hond kwijt was: BRUIN, GROOT EN LIEF, HIJ HEET VICTOR. Hij was geschrokken van de sirenes. Mulder wilde het briefje hardop voorlezen. Maar aan wie?

Hij riep om zijn hond. Om Victor. Een voorbijganger keek hem aan of hij gek was. Een man met zijn hoofd onder een stuk plastic roept om Victor.

Hij riep harder: 'Chien, chien.' Alsof hij om God riep.

De verlossende blaf bleef uit.

Hij vloekte.

Hij vloekte omdat hij van een stomme hond hield die zo nodig achter een neger aan moest. En hij vervloekte de briefjes. Hun dwingende toon. De hoogmoed om te denken dat een god voor zoveel onnozelheid tijd zou hebben.

Maar was hij een haar beter? Ook hij schreef in gedachten smeekbriefjes. Hij smeekte dat het jongetje een andere hond zocht. Smeekte dat zijn chien voor hém zou kiezen. En aan wie vroeg hij het? Aan die malle god van de brievenbus. Hij stond gewoon infantiel te bidden. Voor een zwartgeblakerde klaagmuur. Aangestoken door het virus onder het zeil.

En zijn stem werd nog gehoord ook. Een poot krabbelde tegen zijn broek. Ineens stond ie naast hem: *Le Grand Chien*. Bek vol roet, doffe vacht en vuile ogen. Alsof hij opnieuw uit een brand was gestapt.

Geen spoor van die man. Waren ze samen uit het huis gekropen? Dat had hij toch moeten horen. Mulder knielde, zoende hem op z'n snoet: 'Arm beest, wat heeft hij met je gedaan?' De hond ging zitten en gaf hem een poot. Hij bloedde.

De ijzertjes onder Mulders schoenen waren versleten, maar hij miste het ijdel getik geen seconde, hij luisterde liever naar de tikkende nagels van zijn hond. Ze hadden al heel wat afgezworven sinds de brand, de hond leefde nu eenmaal graag op straat en door hem werd Mulder gedwongen ook een buitenleven te leiden. Maar de laatste dagen maakten ze pas op de plaats: de hond hinkte te erg. Zijn eeltkussentjes waren ontstoken. Mulder zalfde al een week en het hielp geen zier. Van de weeromstuit waren zijn eigen voeten gaan opspelen. Likdoorns. Zijn dikke leren zolen deugden niet voor zo veel kilometers. Voor het eerst van zijn leven had hij een paar sportschoenen aangeschaft, met fluorescerende strepen en geperste lucht in de hakken. Ze vloekten aan zijn voeten en de pijn ging er niet mee weg.

Het terras gniffelde als ze zo moeilijk aan kwamen lopen. ‘U moet naar de dierenarts,’ had de patron gezegd. Hij kende een man met een prima reputatie, een vaste klant uit het café.

Mulder kon dezelfde middag al langskomen, maar hij zat nog niet in de wachtkamer of hij wilde al rechtsomkeert maken: het vuile schort van de dierenarts beviel hem niks en er hing een misselijkmakende ethergeur. De hond rook het kennelijk niet en ook de bloedspatten op het behang van de wachtkamer deden hem niets. Een hijgerige hamster op schoot bij zijn vrouwtje trok zijn aandacht en toen er ook nog twee katten in een getraliede draagmand werden binnengebracht, had hij alleen nog neus voor hen. De deur van de behandelkamer zwaaide open, een verveloze tafel kwam in zicht en een emaillen bak met injectiespuiten en tangen. De hamster mocht naar binnen. De dierenarts veegde nog snel zijn tafel met een tissue schoon – als een slager zijn toonbank. De deur ging weer dicht, maar de geluiden groeiden. Pootjes krasten op metaal, een hand graaide in ijzerwaren. De hond kroop tussen Mulders benen. Een sussende stem (van de dokter), een snik (van de vrouw), gepiep (van de hamster). De hond zuchtte. Mulder staarde naar de drempel en snoof een walm ether op. De vrouw kwam met lege handen naar buiten. In tranen. Ze liet de deur van de behandelkamer op een kier staan. Mulder zag hoe de arts de hamster bij zijn nekvel pakte en in een pedaalemmer deponeerde. Prop tissue erop. Volgende patiënt. De hond had het ook gezien en begon zo woest te blaffen dat de twee poezen van angst in hun mand pisten. Mulder suste hem met zoete woordjes.

'Hebt u geen muilkorf?' vroeg de dierenarts.

Mulder keek hem beledigd aan. 'Het is een schat,' zei hij ferm.

De hond negeerde de man en liet zich expres van de behandeltafel glijden, als een te grote pudding van een te klein bord. Van temperaturen wou hij niks weten. 'Hij heeft geen koorts,' zei Mulder nog. Maar het was standaardprocedure. De hond gromde. Hapte naar de thermometer. Waarop dokter liet zien wie de sterkste was: kont in de houdgreep en hup de thermometer erin, diep en zonder pardon. Mulder kreunde. De hond beet de arts in zijn hand.

‘Het is uw schuld,’ zei de dierenarts. ‘U maakt hem te zenuwachtig.’

Hoe zou jij je voelen als ik een fietspomp in je kont jaste, dacht Mulder.

‘Gaat u alstublieft de kamer uit!’

‘Ik?’

‘U bent verliefd op die hond.’

Mulder ontkende het, al bloosde hij.

Ze hadden een ‘symbiotische verhouding’, zei de arts, wat dat ook mocht betekenen. Mulder zou zich te veel in de hond verplaatsen. ‘U zette zich al schrap toen u de thermometer zag. Laat me dit alleen afhandelen.’

Diep gekwetst was Mulder. In een geur van pis en ether, weggedraaid van katten en dodelijke blikken, luisterde hij gespannen naar hoe zijn hond een doktersjas zou verscheuren, het moordtuig van zich aftrapte... Maar al wat hij hoorde was het openen van een kastje, het knippen van een schaar.

Een paar minuten later kon hij de hond op de gang in ontvangst nemen. Kalm en waardig stond ie daar, met mooie rubbersokken aan. Hij sprong tegen Mulder op, likte zijn handen en maakte een dansje, alsof ze elkaar dagen hadden gemist.

‘U moet hem loslaten,’ zei de dierenarts.

‘Maar dan luistert ie helemaal niet meer.’

‘Geestelijk, meneer.’

Ja, maar het was eigenlijk zijn hond niet, dat wist de hele buurt.

‘Misschien klampt u zich daarom wel te veel aan hem vast, omdat u weet dat u hem weer kwijt zult raken.’

Naar mannetje, die dierenarts.

Vond de hond ook. Ze besloten in het vervolg zijn straat te mijden.

De opmerking van de dierenarts bleef knagen. Klampte Mulder zich te veel vast aan de hond? Hoe groot was de kans dat een ander hem zou claimen? Het jochie dat zijn Victor zocht? Of een van de gewonden? Misschien moest hij de ziekenhuizen langs. Hadden de twee dames van het buurhuis niet over een Afrikaans meisje gesproken dat veel met de hond optrok? Het was waar, zijn leven was ontregeld. Hij deugde niet als baas. Er was maar één man met wie hij over verleden en toekomst van zijn hond kon praten: père Bruno. Hij kon nog een poging wagen, op een uur dat de pater geen bezoek kon weigeren: de biecht.

Mulder luisterde onder het kerkraam of het orgel speelde. Geen deun. De hond was de trappen weer niet op te krijgen, zijn rugharen stonden rechtovereind. Maar Mulder zou hem tonen wie er in de kerk de baas was en trok de riem stikstrak.

Er zaten drie vrouwen voor het glazen hok te wachten. Père Bruno was nog niet in zicht. Bij Maria brandden al flink wat kaarsen. Mulder liep op haar af, ondanks het verzet van zijn hond, die woedend in zijn riem beet. 'Wat is dat toch, ben je bang voor een paar kaarsen?' Hij pakte de hond bij zijn nekvel en dwong hem naar de vlammen te kijken. 'Je moet je angst voor vuur overwinnen.'

Een kleine zwarte man kroop achter het Mariabeeld vandaan – de scharrelaar die ze al vaker in de kerk bezig zagen.
Hij krabde het marmer schoon. De hond dook ineen, kop tussen de schouders. Mulder herkende de devotie van een poetser. Voorzichtig én dwingend sleepte hij zijn hond naar het kleine altaar; het mannetje kroop weer snel weg. Mulder wilde een kaarsje bij Maria branden. Misschien kon zij de hond geruststellen. Hij zocht een middelgrote uit en hield hem boven een vlam, maar zijn hond piepte zo, dat zijn hand anders besloot: de kaars gleed in de binnenzak van zijn jasje.

De torenklok sloeg. Biechtuur. Mulder liep met een overdreven rechte rug naar het glazen hok.

De pater maakte juist de deur open. 'U weer? U weet dat ik de hond niet graag in de kerk zie.'

'Ik ben zoekende,' grapte Mulder.

Het gezicht van de pater klaarde op.

'Naar de eigenaar van de hond.'

De hond bedelde om een aai over zijn kop.

'Ik zou graag eens met u willen praten,' zei Mulder.

'Als u wilt biechten moet u bij de dames aansluiten.'

'Mijn hond heeft het moeilijk.'

De pater glimlachte. 'Of u met hem?'

'Het is een heel menselijke hond.'

Ze mochten allebei langskomen. 'Bij ons!' had père Bruno gezegd. 'Ons' was het huis van de broeders dominicanen.

Een uur voor de afspraak dronk Mulder zich moed in bij het café. Whisky, een geur die de pater niet zou opvallen. Hij informeerde terloops naar père Bruno. Hoe lang zat hij al bij die kerk en kwam hij nog wel eens in het café? Hoongelach. De solidariteit van kort na de brand was verdwenen, ze moesten steeds minder van de pater hebben. Hij deed meer voor die lui dan voor zijn eigen parochie! De oudste ober liet hem een krantenknipsel zien. Hier, kon hij het geloven? Père Bruno grijnzend naast de sterke man van rechts. Hun man. Maar diezelfde pater was mooi een negervriend en had ervoor gezorgd dat de mairie die lui in hotels onderbracht. Niet werken, hand ophouden en elke dag schone lakens – van hun belastingcenten.

Mulder bood hem een drankje aan en hoorde in ruil de laatste geruchten. Bij werkzaamheden zou nog een lichaam in de kelder zijn gevonden, op de dag dat de eigenaar een bord met TE KOOP op de gevel timmerde. De maffia bezat het pand. Nee, ze bleken geen vrienden van hun buurtkerk te zijn. Vreemd volk schoof daar rond, te veel vreemd volk. 'Er brandt altijd licht, tot diep in de nacht,' zei de ober.

'In de toren?'

'Het sterft er van de negers.'

De hond kende het huis van de broeders dominicanen, hij hield stil voor de juiste deur en snoof verlekkerd aan de drempel. Ook Mulder sloeg de kloostergeuren in zijn geheugen op toen père Bruno hem voorging in een doolhof van gangen: tabak, opgewarmde kliekjes, natte washandjes, verschaalde alcohol. Even was hij bang in een zaal met kloosterbroeders aan te moeten schuiven, maar de pater ontving hem alleen, in een totaal versleten kamer. Behang, verf, oranje gordijnen – de jaren zestig in rafels en schilfers. Het bruine vloerkleed droeg de sporen van vaste gewoonten: een paadje naar de wastafel waar een waterkoker en een pot oploskoffie stonden, een kaal veld voor de uitpuilende boekenkast, schroeigaten en vlekken aan weerszijden van een crapaud die menselijke vormen in zich had opgezogen – de zitting was een kuil, nek en armleuning glommen. Père Bruno gebood Mulder aan de hoge tafel te gaan zitten, recht tegenover hem. Hij kieperde een stoel leeg en veegde een stapel brieven en paperassen opzij. De hond ging onder tafel liggen. 'Zijn vaste plaats,' zei père Bruno.

Hoe lang had de hond bij hem gewoond?

'Niet meer dan een kleine maand.'

Mulder schoof zijn stoel naar achteren en zag dat hij met zijn snuit op de schoenen van de pater was gaan liggen, kwijlend van genot. Bang zijn jaloezie te verraden, durfde hij de hond niet meer ter sprake te brengen. Triple X verdween eveneens snel van tafel: hij leefde, maar sinds de brand had niemand meer iets van hem vernomen. De pater veinsde onverschilligheid. Verder vragen had geen zin. Verdachten? Arrestaties? En dat verkoolde lijk dat dagen na de brand in het kraakpand was ontdekt? Nee, père Bruno kon geen opheldering verschaffen. Trouwens, wat ging het hem aan? Een priester heeft zijn beroepsgeheim. 'De hond,' zei hij ongeduldig, 'daar kwam u toch voor? Wilt u soms van hem af?'

'Nee,' zei Mulder beslist. 'Maar heb ik recht op hem? Doe ik niet iemand tekort?' En hij vertelde over zijn zoektocht en de rouwdiensten en de troost die de mensen kennelijk bij hun goden vonden.

Père Bruno nam hem zwijgend op. 'Wie zoekt geen troost?' zei hij.

Achter hem hing een zwarte crucifix aan de muur, een akelig ding. Mulder probeerde er niet naar te kijken, maar het beeld drong zich zo aan hem op dat hij het nodig vond om te zeggen dat hij een overtuigd atheïst was.

De pater glimlachte verontschuldigend. 'Wees niet bang, ik zal heus niet proberen uw ziel te redden.'

Ze wisselden houten zinnen uit. Er vielen stiltes. Het weer werd doorgenomen: de lente... Ja, het was zachter geworden, eindelijk. Parijs kon grijs zijn in de winter, maar nu, met het groen in de bomen... De pater stak een sigaret op en pulkte een korst van zijn spijkerbroek, zijn overhemd rafelde bij de mouwen en ook zijn trui had de gelofte van armoe afgelegd. Mulder blies een pluisje van zijn zachtgele pullover. Hun kleren vloekten. Wat viel er na hond en brand nog te delen?

Een fles whisky.

Père Bruno haalde hem met een grijns uit de kast. 'Om de malaria eronder te houden.' Ja, hij had tweeëndertig jaar als missionaris in Tsjaad gewerkt.

'Dat zal me een overgang zijn geweest.'

'Ik moest wel. Afrika had me uitgeput. Al is Parijs ook een woestenij, geloof me.'

'Maar niemand komt er om van de honger,' zei Mulder schor. De turf brandde in zijn keel.

'Hier hongeren de mensen naar waarachtigheid.'

Waarachtigheid in een kerk? Mulder keek of ie gestoken werd. Maar hij durfde de pater niet te vragen wat hij eronder verstond. Meer whisky moest ie, om dat woord weg te spoelen. Een flink glas... Waarachtig! Was die pompeuze hoogmis voor drie verbrande sloebers soms ook waarachtig?

De pater keek Mulder verbaasd aan. 'Nu u het zegt, wat zocht u daar als zelfverklaard atheïst?'

'Ik bleef maar heel even,' zei Mulder, 'de hond herkende een onguur type. D'r zat trouwens een zootje...'

'Mooie mensen,' lachte père Bruno. 'U zult het verhaal wel hebben gehoord, de hele buurt kletst erover.' Hij haalde zijn schouders op. Wat kon hij eraan doen? Een gefortuneerd echtpaar had de doden geclaimd, de pers bespeeld, de politici. Het bleken de eigenaars van het pand te zijn, Albanese maffia. Een schimmige toestand, achteraf voelde iedereen zich opgelaten. 'Ja, daar leende ik me voor. Ik zie het u denken. Maar ik ben een goede bedelaar, daarom heb ik ook voor Parijs gekozen, voor een kleine maar rijke parochie. Zo kan ik op afstand nog wat doen voor de Kerk in Afrika.'

'Hebben ze in Tsjaad geen eigen geloof?' vroeg Mulder. Het klonk agressiever dan bedoeld.

'O, vele geloven,' zei père Bruno. 'Moslims in het noorden en traditionele Afrikaanse godsdiensten in het zuiden. De voorouders worden vereerd, de geesten aangesproken, nee, aan geloof ontbreekt het niet. Maar al die geloven vergaten in onze streek ziekenhuizen te bouwen en waterputten te slaan. Zoveel ziekten zijn eenvoudig te bestrijden door de mensen een beetje hygiëne bij te brengen. Kinderen missen de eerste twee jaar van hun leven de meest noodzakelijke voedingsstoffen, hun hersenen komen tekort en dat zijn de mensen die straks Afrika moeten beheren. Wij voeden die kinderen, wij krijgen die scharminkels toegeschoven, wij, de katholieke missie. En natuurlijk helpen wij hen, omdat ons geloof ons dat voorschrijft. Christus vraagt ons dat. Wij redden ook animisten die anders door moslimrebellen uit Sudan zouden zijn vermoord. Denkt u nu heus dat wij tussen al die slachtpartijen zieltjes gaan winnen? Als wij verkrachte meisjes van twaalf verplegen, zeuren we niet over de heiligheid van een ongeboren vrucht. Ons geloof is een praktisch geloof. Wij handelen uit naastenliefde. Wij stellen een voorbeeld, ja. Wat hebt u daartegen?' Hij drukte boos zijn sigaret uit en nam een kwaaie slok en nog een. 'Als ik vragen mag, monsieur Martin, wat doet u eigenlijk?'

'Niets,' zei Mulder uitdagend. 'Monsieur Martin doet helemaal niets.'

'Een man die niet werkt, verwijt mijn Kerk dat wij mensen in Afrika helpen. Interessant.'

Mulder plukte gegeneerd aan het tafelkleed. Ook het geloof konden ze beter laten rusten.

Maar de whisky dacht er anders over. Een glas later zei Mulder: 'Je kunt toch ook genezen zonder God erbij te halen.'

'U misschien, ik niet.'

Ze susten het met een derde glas, een vierde. Mulder prees de geur van de whisky.

'Geloof speelt een belangrijke rol in Afrika,' zei père Bruno afwezig. 'Ze zeggen dat God er zijn geheimen bewaart.' Hij keek stil voor zich uit, naar een stoffige missiepost in zijn hoofd.

Het laatste scheutje uit de fles deed wonderen. Ze wisselden een glimlach uit. 'Ik kan niet in een god geloven,' verzuchtte Mulder.

'Je kunt alleen geloven als je weet wat twijfel is.'

Wat een dooddoener, dacht Mulder, zo kan je van de duivel een heilige maken, als je maar slim genoeg met woorden speelt. 'Ik wil u niet aanvallen,' zei hij zo vriendelijk mogelijk, 'maar is uw geloof niet zoals elk geloof op een verzinsel gebaseerd? Een prachtig verzinsel in uw geval, met een geweldige traditie die grote denkers en kunstenaars heeft voortgebracht, maar wel een verzinsel. En we kunnen ook niet zonder, hoe moeten we anders betekenis aan ons bestaan geven? Je zou uw geloof ook een geleerd soort animisme kunnen noemen. Met bezielde wijn, bezield brood, bezielde beelden. Overal ter wereld, in de verste uithoeken, zoeken mensen een verklaring voor hun geboorte en hun sterven. Als leidraad voor hun leven. En het antwoord komt altijd van boven, maar het is allemaal op aarde verzonnen.'

Père Bruno hoorde het hoofdschuddend aan. 'Hoe weet u dat allemaal zo zeker, kent u dan geen enkele twijfel?'

'Ik barst van de twijfels. Alleen toevallig niet over het geloof, en nog minder over het ontstaan van de mensheid.' Mulder moest om zichzelf lachen. 'Ik ben ervan overtuigd dat de mens een uit de hand gelopen chemisch proces is. Wij zijn ontstaan uit een explosie van een of andere supernova, op aarde neergedaald als gemuteerde cellen van een andere planeet.'

'Dus toch van boven!' Père Bruno hief bruusk zijn handen ten hemel, zijn slobbertrui bleef haken en trok per ongeluk het kleed mee. De asbak viel op de grond, een stapel papieren volgde. De hond stoof onder de tafel vandaan.

'Maar niet bovennatuurlijk. Het is aardse wetenschap.'

'Wat verstaat u precies onder leidraad?'

'Een verlangen naar regels, houvast. Het in kaart brengen van de verschillen tussen goed en kwaad. Het definiëren van begrippen als eerlijkheid, solidariteit, vergevensgezindheid, straf.'

'Klinkt niet erg chemisch,' zei de pater. 'Zijn het begrippen die je in een formule kan vatten? Hou toch op, geen wetenschapper kan bewijzen dat God niet bestaat, zoals we ook goedheid, waarheid, edelmoedigheid en liefde niet onder de loep kunnen nemen. Toch bestaan ze, zelfs voor een ongelovige als u. Misschien is dat wel de kern van wat we God noemen.'

Père Bruno stond op en pakte een nieuwe fles uit de kast. Hij hield hem triomfantelijk op, tevreden met zijn eigen argumenten schonk hij met vaste hand de glazen bij. Een druppel te veel voor Mulder, want hij spoot giftig op: 'Ondertussen blazen mensen zichzelf en anderen op uit naam van God. De walgelijkste politici laten zich influisteren door God. Racisten beroepen zich op Zijn woord. Mooie God!'

'Religie kan slechte mensen slechter maken, ja, ik weet het. En goede mensen beter.'

'En wat doet religie met intelligente mensen? Bijbelse tegenstrijdigheden zo interpreteren dat God een nog groter mysterie wordt? Hoe kan iemand bij zijn volle verstand knielen voor een man aan een martelwerktuig? Een mythologische figuur. Als Jezus was opgehangen, zou de Kerk dan een strop aanbidden?' Mulders stem sloeg over, hij moest zich aan de tafelrand vasthouden.

'We mogen blij zijn dat het een kruis is geworden,' zei père Bruno dof. Hij was moe, maar ook hij wist niet van ophouden. 'Waarom maakt u het zo banaal?'

'Het leven is banaal.'

'Voor u. Omdat rationalisten als u God hebben uitgeschakeld en er niet veel beters voor in de plaats hebben gegeven. Consumentisme, ja. Mooi geloof: op zondag naar de meubelboulevard. Of het decadente materialisme van hebben, houden en halen. Ook zo'n mooi geloof. Bezit als hoogste goed. Uit naam van economische groei de wereld vervuilen en dan met al je wetenschap naar een gat in de ozonlaag staren. Wat een grauwheid. God overstijgt de logica. Hij gaat boven onze ervaring uit.' Père Bruno haalde het kruisbeeld van de wand en hield het als een apostel op. Mulder keek weg. 'Deze crucifix heeft een leproos voor mij gesneden. Met twee stompjes hand. Hij heeft er jaren aan gewerkt, tot bloedens toe. Het is een bezield stuk hout. En dat voel ik. Natuurlijk is het verbeelding, maar een verrijkende verbeelding. Het geeft me energie als ik ervoor bid. Goddelijke energie. Hoop. En dat heb je nodig in Afrika. Daar heb ik pas echt leren bidden.' Zijn stem brak en hij liet het kruis zakken. 'Weet u, het is heel moeilijk goed en eerlijk te leven, het vraagt veel oefening. Maar die oefening maakt het leven niet banaal. Ze verheft ons leven.'

Mulder was te bezopen om een tegenwerping te maken.

De pater hing Christus terug aan de wand – scheef. Een klok klepperde, het was middernacht. De broeders kwamen in de kapel bijeen. 'Zo laat nog?' vroeg Mulder.

'En straks om vier uur weer. Niet dat ik daaraan mee hoef te doen, ik heb andere taken, mijn kerk, maar toch voeg ik me graag bij hen, om de kwelling van het vroege opstaan met ze te delen. Het gebrek aan slaap vraagt het uiterste van je geloof, soms ben je zo uitgeput dat je tegen de demonen in je hoofd moet vechten.'

'Hoe houdt u het vol?'

'Het verhindert mij niet heel gelukkig te zijn.'

De zitting was voorbij. De pater liep naar de deur, in het paadje van het kleed. Mulder goot de laatste druppels whisky over zijn hoofd en sloeg een kruisje. Achter zijn rug, oog in oog met de leprozencrucifix. Hij wilde ook gelukkig zijn.

De hond zag het.

Mulder wankelde en zocht houvast aan de riem. De hond sleepte hem voort. Niet naar huis, maar naar de fontein. Hij gromde van de dorst – hij had de hele avond niets te drinken gekregen. De fontein lag er zwart en doods bij. Mulder liet zich op de vochtige stenen rand van het bassin ploffen en maakte de riem los, de hond spatte van opwinding meer in het water dan dat ie dronk. Golven sloegen over de rand. Maar het was niet een natte kont die Mulder ontnuchterde, de vreemde stilte bezorgde hem rillingen, de gedempte dorpssfeer op het anders zo levendige plein... Hoe kwam het er zo donker, ondanks de volle maan? Het duurde even voor hij het begreep: de fontein spoot niet, de verlichting was uit.

Mulder had al dagen niet meer bij de fontein gezeten. Leefde de kater die op duiven loerde nog? Voor hij met een hond liep, kwam hij nog wel eens een praatje met hem maken. Een mismaakt beest – één oog, drie poten, hoge rug – maar aantrekkelijk in zijn lelijkheid. Eén keer had hij hem zelfs van een flinke teek verlost. Het beest stond het nog toe ook. Met dierenliefde had het niet veel te maken. Poetsdrift was het. Zijn handen jeukten bij het zien van vuil.

Er dreven veren op het water... Dat stelde hem gerust.

Het was een wolkeloze nacht, de vier vrouwenbeelden in het midden van de fontein spiegelden in het water. Ze moesten de vier windstreken verbeelden, maar hun gezichten waren aangetast, hun haren in zuur gewassen, gewaden verwaaid – belaagd door hun eigen element. De maan had hun weer hun oude trekken teruggegeven, zachter dan bij daglicht. Een duif kroonde ieders hoofd, hun ogen huilden witte stront. De wilde dieren aan hun voeten – een leeuw, ijsbeer, buffel en mammoet – lagen er vredig bij.

Lang zat Mulder daar. Zelfs het geruis van de boulevards drong niet door. Hij keek op naar de torens. Er brandde licht in een smal hoog raam. Een spatje in de duisternis. De galmgaten tekenden zwarter dan gewoonlijk. Ze waren te groot voor de kerk, de verhoudingen klopten niet, het hele gebouw was een architectonische vergissing. En nog steeds niet af, na drieëneenhalve eeuw. Torens om tegen aan te pissen. Maar als uitzicht was hij toch van ze gaan houden. Het waren zijn bakens. Bakens van spot. Twee reuzenfluiten leken het die nacht, fluiten van de Grote Rattenvanger. 'Speel,' fluisterde Mulder. 'Speel maar, mij vang je niet.' Hij stond op, deed een stap naar voren en blies als een kater – hoofd achter in de nek. De torens kwamen los van de kerk. Ze zweefden naar de maan. 'Speel dan. Speel.'

De hond kwam naast hem staan, ook hij keek omhoog. De oren gespitst. Beiden wachtten op het wonder.

Een schreeuw.

De kater? Mulder keek geschrokken in het rond en ging op de rand van het bassin staan om het plein te overzien. Naast de kiosk, aan de overkant van de straat, zag hij een vrouw voor een winkelpui knielen – ze maakte haar bed op voor de nacht. Ze kermde, steeds luider. De hond rende blaffend op haar af. Het bleek de zwerfster met de verrotte borst te zijn.

Nee, Mulder hoefde...

Ze legde haar vodden al af. Een etterende wond kwam bloot, blauwzwart. Kropen daar maden uit haar hemd?

'Monsieur, help me, help me. Ze pakken me. Help me.'

Mulder zocht naar een muntstuk.

'Hoort u ze? Ze praten in mijn mond.' Ze stak haar tong uit – een grijsgroene lap. Ze kwijlde bloed.

Mulder gaf haar zijn zakdoek, niet uit aardigheid, maar uit walging, om die bek te bedekken. Ze spuugde erin, sabbelde op zijn geborduurde initialen. God had haar verlaten, zei ze. Kwade geesten namen bezit van haar. Ze stak haar handen uit – vuil glimmend. Mulder deed een stap achteruit. Ze schudde haar hoofd en wentelde zich weer in haar vodden. Kreunend. De hond boog zich over haar heen en likte haar wangen.

Mulder liep naar de politiepost, misschien moest hij waarschuwen dat een vrouw... Maar ze zagen hem al aankomen, de man met twee namen, en het was bovendien een zachte avond, hoeveel mensen lagen er 's nachts niet op een stoep te jammeren? Vooral in zijn buurt, om morgen als eerste bij een van de vele kerken hun hand te kunnen ophouden. En maar jammeren en spelen op het gemoed van schuldige, wanhopige of domweg gelovige mensen die na een mis, gebed of opgestoken kaars nog een goede daad wilden verrichten. De ene waanzin trok de andere aan.

Ergens achter een hoge muur werd een bel geluid. Twee uur sloeg de klokkentoren. Had hij hier al zo lang rondgehangen? Het bellen hield aan. Welke demonen moesten daar worden verjaagd?

Hij hoorde zingen. Stemmen die het gejammer van de vrouw op de stoep verdrongen. Stemmen die leefden naar regelmaat. Zingen bidden werken slapen zingen bidden werken. Regelmaat achter gesloten deuren. Zou hij het kunnen? Hij liep terug naar de fontein, snoof het jonge groen van de kastanjes op, roerde met zijn hand in het lauwe water, haalde een veer uit het water, spetterde zich ermee nat. Mulder wilde opgetild worden, iets groots ervaren. Maar de torens speelden niet. Hij blies de veer droog. De veer vloog omhoog, dwarrelde in het maanlicht... werd weer duif. Dat kon hij geloven.

Twee grote branden in één week. Dit keer aan de rand van de stad, in een goedkoop hotel en in een doorgangshuis voor asielzoekers. Opnieuw waren er illegalen en vluchtelingen onder de slachtoffers. De krantenkoppen schreeuwden schande. Opzet werd niet uitgesloten. De kleine minister eiste een onderzoek naar alle overbevolkte, bouwvallige en brandgevaarlijke panden. Er verschenen plattegronden en lijsten in de kranten. Gevels werden met dreigementen beklad. Voor de televisiecamera's garandeerde de burgemeester een veilig onderkomen voor alle bewoners die op last van de brandweer hun huizen moesten verlaten. Het gerucht ging dat wie niet over geldige papieren beschikte, zou worden uitgezet. Sindsdien waren er hele families voortvluchtig. De politie hield strenge identiteitscontroles in de buitenwijken. Er was een man neergeschoten. Een onschuldig kind gewond geraakt. Buurtbewoners liepen te hoop. En om het ongenoegen kracht bij te zetten werden er in de weekeinden tientallen auto's meer dan normaal in de fik gestoken.

De onrust sijpelde naar de binnenstad. Stille tochten voor slachtoffers eindigden in rellen. Politieauto's werden bekogeld. Jongeren klonterden samen op markten en pleinen. In het café spraken de obers ferme taal.

En Mulder?

Mulder wandelde met zijn hond en stond stil onder het lichtgroene dak van een tot parasol gesnoeide plataan. Hij bewonderde de acrobatiek van tuinlieden die met metershoge roterende snoeimessen rijen kastanjes in het gelid schoren, inspecteerde de werkzaamheden in de boomgaard van de senaat, waar de uitbottende takken volgens vaste patronen werden vastgebonden – plat gespreid als een opengeslagen boek, in de vorm van een driehoek of menora. Wat met de mensen niet lukte, leefde de stad uit op haar parken. De voorstad mocht branden, op het gazon werd niet gelopen. Niets werd er beter bewaakt, omheind en verzorgd dan dat. Mulder zag alleen de netheid.

En de hond?

Die sprong op de heuphoge muur die het park omringde om zijn baas recht in de ogen te kunnen kijken. Ze liepen even hoog met elkaar op. Wang tegen wang. Het leek of de hond hem iets wou zeggen. Maar Mulder keerde zich van hem af. En ook 's avonds op bed ontweek hij die sprekende ogen aan het voeteneind en gooide hij een deken over zijn kop. De hond schudde zijn blinddoek telkens af en bleef kijken. Mulder kon er niet van slapen. Hij verborg zich achter een boek, maar ergerde zich aan het gehijg achter de kaft, hij vrat een doos chocolaatjes leeg, trok een fles wijn open, smeerde toastjes vette kaas, dacht aan zijn cholesterol en voerde de helft aan de hond. Daar werden ze allebei zo wakker van dat er een tweede fles aan moest geloven – een loodzware bordeaux. En de nacht bleef maar duren.

'Wat wil je van me?' riep hij ten einde raad.

De hond zweeg. Maar zijn ogen zeiden: Ik lik een bedelaar en jij wast mijn snuit.

Je ziet hoe iemand dood wordt getrapt en maakt je zorgen over de vouw in je broek.

Je geeft geld aan zwervers, maar durft ze geen hand te geven.

Je aait mij, maar je aait ook de dertig jassen in je kast.

Je kleedt je voor de buitenwereld, maar laat geen mens in je leven toe.

Je haalt je neus op voor dronkelappen en drinkt in je eentje twee flessen.

Je geeft af op ongure types in de kerk en steelt een kaars bij Maria.

Je zegt dat je niet in God gelooft. Maar om wie roep je dan midden in de nacht?

De volgende morgen werd Mulder wakker met een vraag: wanneer doe je wat? Een vraag die hem een ongemakkelijk gevoel bezorgde. Moest hij zijn aandelen verkopen en een moderne gelofte van armoe afleggen? Een asielzoeker in huis opnemen? Zijn hond keek hem afwachtend aan.

Iets doen.

Hij liet zijn hond uit. Dronk koffie op het terras. Las de krant: 'Woede onder immigranten.' 'Een derde van de bevolking wil niet naast een moslim of zwarte wonen.' 'Vijftien Afrikanen verdronken voor de kust van Malta. Hun lichamen gevonden door vissers... hun huid gebleekt door zon en zeezout, hun ogen uitgepikt door zeemeeuwen. Er zijn de laatste tijd zoveel aangevreten lichamen aangespoeld dat de lokale bevolking geen vis meer durft te eten.' Mulder keek lang naar een foto van twee zwarte handen aan weerskanten van een hek. De ene in vrijheid, de andere in gevangenschap.

Hij bestelde appeltaart. Zijn hond kreeg de korst. Hij luisterde gesprekken af van studenten. Ze praatten de kranten na, maakten dezelfde stomme grappen over politici, herhaalden dezelfde roddels. Tot zijn verbazing eisten zij ook nog eens de zekerheden van hun ouders: een baan voor het leven, bankkrediet, een pensioen op je zestigste. De heersers van morgen wilden zich verzekerd weten van hun privileges.

Zijn hond kon het niet langer aanhoren. Ze stonden op, gingen verder en hielden stil voor de etalage van een wapenwinkel. Mulder probeerde zich voor te stellen hoe ver je de loop van een geweer in je keel kon duwen. Het koude metaal tegen je huig en dan je vinger op de trekker, de gespannen veer. Hij kreeg een erectie, maar wandelde hem weer weg. In de etalage van *Au vieux campeur* viel zijn oog op een kleine bijl. Niet groter dan een hand. Rood. Om zo mee uit sprokkelen te gaan, goed voor een knapperend kampvuur. Hij keek er lang naar. En zijn hond stond het hem toe, zijn neus deed zich te goed aan een drukbezochte lantaarnpaal. Mulder woog de bijl denkbeeldig in zijn hand, liet het scherpe ijzer over zijn vel gaan. Voelde een braam. Hij sprak in zichzelf, schuim koekte in zijn mondhoeken. Hij ging naar binnen en kocht hem. Geen idee wat hij ermee moest, hij hield niet van kamperen. Maar de bijl verlichtte zijn stap die ochtend. De plastic tas tikte vrolijk tegen de riem.

Donkere wolken trokken over de stad. Een zware regen viel. Het deerde hem niet. Hij wilde kou voelen, de regelmaat van druppels op zijn kalende hoofd. Zijn hond blafte, maar hij schonk er geen aandacht aan. Ze stapten over zwervers heen die tegen puien schuilden, liggend in een smerige brij, te dronken om hun benen in te trekken.

Lampen sprongen aan, de restaurants stroomden vol voor het dejeuner. De *voituriers* van de beroemdste brasserie van de stad renden af en aan met paraplu's. Wie daar at, werd ingeschat op geld en roem. Mulder had erover gelezen – vooraan moest je zitten, *au paradis*, dan hoorde je erbij. Boven heette het *l'enfer*, daar aten de toeristen. De ramen van het paradijs waren beslagen. Naast de draaideur braken mannen in laarzen en blauwe kielen tonnen oesters open. Schalen *fruits de mer* werden naar binnen gedragen. De hond keek hem smekend aan. Mulders jas was doorweekt. De draaideur zwiepte vlagen warme lucht naar buiten.

Ze stapten naar binnen en schoven aan bij de rij voor de gerant, een kale man die de tafels toewees. De hond bestond het zijn vacht droog te schudden; Mulder sprak hem bestraffend toe. Een dame voor hem klaagde over spatten op haar rok. 'Honden verboden,' zei ze. Hij herkende haar stem: de nieuwslezeres van het achtuurjournaal. Ze glimlachte, ondanks haar boosheid. Haar nieuwe wangen zaten te hoog, haar getuite lippen te strak. Maar Mulder vond haar mooi. Als een opgebonden appelboom.

Een zakenman met een onderscheiding in zijn knoopsgat keek fronsend naar Mulders sportschoenen. De strepen lichtten op. Kin omhoog, dacht Mulder, kijken of het de gewoonste zaak van de wereld is. Zelfvertrouwen. Hij rolde de plastic zak met bijl zo strak mogelijk op en verborg hem onder zijn jasje.

Geen tafel meer vrij. Zelfs de mensen die gereserveerd hadden moesten wachten. De dames kregen een stoel met een glas champagne aangeboden in het hoekje onder de trap.

'Gereserveerd?' vroeg de gerant. Hij keek verbaasd naar de hond, die er voorbeeldig bij was gaan zitten – scheve kop, pootje op, alsof hij van het circus was.

'Ja, op naam van... Martin.'

De gerant keek op zijn lijstje. 'Martin... heb ik niet staan.'

'Mijn ambassade heeft gebeld.'

De ober krabde met zijn pen op zijn achterhoofd, keek rond en verwees hem naar een voorlopige kruk onder de trap. Mulder bestelde een fles champagne – van het beste huis – en bood de nieuwslezeres een tweede, beter glas aan, namens zijn hond en met excuses. De obers vlogen.

De gerant trok een tafel tegenover de spiegelwand uit de

rij: hij kreeg een plaats op de bank. Beneden. In het paradijs.

Een bak water! Tartaar voor de hond. *Oeufs de saumon* voor monsieur. *Confit de canard*. Een mooie Saint-Estèphe, grand cru. Het maandloon van een straatveger werd opgediend. Hond braaf onder tafel. Mulder bijl in de rug.

Halverwege de Saint-Estèphe zag hij in de spiegels tegenover zich dat hij onder een koloniaal tafereel zat te eten: leeuwenjacht in Afrika. *Tatatataaa*. Hij werd zelf een jager, loerend op roem – de nieuwslezeres kwam in zijn vizier. Ze zat schuin tegenover, naast een vriendin die later was komen binnenstuiven. Hij liet nog een champagne aanbieden. De dames toostten op zijn hond.

Het gras in Afrika begon zacht te wuiven, de nieuwslezeres blies hem een zoen toe, de obers werden steeds gedienstiger. Aasgieren vlogen door een gouden lucht.

Zijn uitzicht veranderde. Er kwam een vrouw tegenover hem zitten. Aan zijn tafel. Haren nat van de regen, haar mascara vlekte. Ze smoesde met een ober. Mulder protesteerde, riep om de gerant. Die schonk haar een champagne in – het dure merk.

'Pardon?' Mulder wees haar een vrijgekomen tafel verderop. Maar ze dronk hem brutaal toe. Ze vroeg om een tweede glas. En hij bestelde, de sukkel. De obers renden tevreden – ze joeg de consumpties op. Haar knie kroop tussen zijn benen, zo ver dat ze de hond op zijn poten trapte. Ze keek onder tafel. Er liep een zwarte druppel in haar decolleté.

'We kunnen niet zonder,' zei ze.

'Honden?'

'Regen.' Het was een droog voorjaar geweest.

Mulder moest het beamen.

'Water is als liefde,' zei ze diepzinnig. Ze tikte met haar nagel tegen het glas. Hengelde. Of hij getrouwd was? Of het niet saai was alleen te zijn... Ze gaf hem een knipoog.

‘Weet u wat saai is,’ zei Mulder, ‘te lang samen. Vroeger, in tijden van oorlog en pest en dood in het kraambed, was vier jaar huwelijk al veel. Meer kunnen we nog niet aan.’

Daar moest ze over nadenken. Haar leven was een aaneenschakeling van scheidingen.

‘Scheiden is natuurlijk,’ zei Mulder.

Ze zocht troost bij een bodempje Saint-Estèphe. Bedelde om een nieuwe fles, een ouder jaar, twee straatvegers duurder. Te lang had Mulder niet tegenover een vrouw gezeten, hij was de conversatie ontwend. Haar ingestorte kapsel leidde hem af. Te zwart geverfd. Te ruim gestifte lippen. Hij moest naar haar kijken. Zij dacht dat hij haar leuk vond.

De nieuwslezeres stootte haar vriendin aan.

Een been vree tegen Mulders been, maar de vrouw aan zijn tafel deed net of het niet haar been was, ze roerde haar stokbrood in zijn saus en beduimelde haar glas. Bij de rekening bestudeerde ze de leeuwenjacht.

Buiten schurkte ze tegen hem aan, wilde schuilen onder zijn jas. Het miezerde alleen nog maar. Hij wist niet waar hij zijn bijl moest laten, wenkte er een taxi mee. Allemaal bezet.

‘Ik woon hier niet ver vandaan,’ zei ze.

Hij deed of hij het niet hoorde.

De hond duwde zijn snuit tegen haar kont. Ze giechelde. ‘Als je een heer bent, breng je me naar huis.’

Hij ging mee. De hond liep tussen hen in en keek hem verwachtingsvol aan. Zij ook. Hij kneep in zijn bijl.

‘Wat zit er in dat plastic tasje?’ vroeg ze.

‘Een bot voor de hond,’ zei hij.

Het was verschrikkelijk geweest. Hij moest mee naar boven. Zij stond erop en nee zeggen vond ie zo naar. Hij wou niet, dacht ie, tot ze hem op bed trok. Ze namen niet eens de tijd zich behoorlijk uit te kleden. Maar zijn hond begon zich ermee te bemoeien en beet hem in zijn tenen. Daarna lukte het niet meer.

Had ie dan geen respect voor haar? Ze liet zich niet zomaar... En zij had het al zo moeilijk, snikte ze op de rand van het bed. Of ze misschien wat lenen kon? Met twee briefjes van vijftig nam ze geen genoegen, ze bedelde om meer. Maakte een sprongetje bij het vierde briefje, het vijfde. Hij liet zich plukken en verzette zich niet.

De boulevard was van kleur verschoten. Het blauw van politiebussen en mobiele brigades schitterde op het natte asfalt. Het blauw van uniformen met witte nummers op de rug. Het blauw van Gauloises. Er waren ruiten ingegooid. De geur van verbrand rubber hing in de lucht. Het was opgehouden met regenen. Bendes uit de buitenwijken zouden in aantocht zijn. Maar de politie legde in afwachting van het oproer een kaartje, dronk koffie, loste kruiswoordpuzzels op en las populaire blaadjes. Jonge kerels nog. In plastic kuras, pistool en wapenstok op de heup. Mepgeil.

Zijn hond blafte naar ze, hij rook hun gemuilkorfde helpers. 'Loop door!' snauwde een agent, zijn vuist omklemde de wapenstok. Mulder schrok van zijn ogen: ze gloeiden van haat. Maar wie haatte hij? Hem, Mulder, die in het deel van de stad woonde dat hij moest beschermen, de dure wijk waar hij zelf niet kon wonen? Of het schorem met een andere kleur, een ander geloof, dat zijn land had veranderd en met wie hij metro en trappenhuis moest delen? De straten waren zo leeg. Een heerlijke wind joeg door de kastanjes. Koffiebekertjes wiegden in de door de stad geplaatste open plastic vuilniszakken – doorzichtig, opdat er geen bom in kon tikken. De duiven koerden op de daken. Vrede in de dakgoten. Alleen sirenes op afstand. Hij zag een voorspelling in de ogen van de politieagent. Een storm, een grote moordpartij.

Pas toen merkte hij dat hij zijn bijl bij die hoer had laten liggen.

Mulder liep in gedachten verzonken. Zijn voeten wilden niet naar huis, ze liepen om het park, langs de kogelgaten van de Bouwschool, passeerden restaurants waar de obers nog tafels dekten, aarzelden bij de geknevelde kreeften in het aquarium en rondden het beeld van de Maarschalk, maar er werd geen gevel gestreeld, geen ober gegroet, geen kreeft moed ingesproken, geen jaartal gememoreerd. Hij maakte zijn vertrouwde wandeling – op een ander uur, in een ander licht. Sinds de brand was hij niet meer op de boulevard geweest omdat de hond hem altijd naar het afgebrande huis trok.

Hij kwam de doofstomme Chinees weer tegen, dozen verzamelend voor de aanstaande nacht. De hond zag hem het eerst en danste blaffend om zijn winkelkar. Ze bleken oude vrienden te zijn. Ook Mulder was blij hem terug te zien. Ze groetten elkaar met een buiging. Het trof hem hoe knap de Chinees was, fijn van gezicht, ondanks zijn gelooide huid, geen ruwe lijn te bespeuren. Ze hadden elkaar nooit zo vroeg ontmoet. Hij leek ook minder gek in de schemering, al liep hij in merkwaardige vodden, met om elke voet een plastic tas van kruidenier *monsieur Ed.* Zijn ogen stonden helder. Als hij niet met geplette kartonnen dozen liep te zeulen, zou je denken dat hij een danser was, zo gespierd leek hij en gracieus en tenger.

De Chinees wees naar de rubbersokken die de dierenarts de hond had aangemeten. Hij inspecteerde een voorpoot en zocht iets in de gescheurde voering van zijn regenjas. De hele voering diende hem tot zak – volgestouwd met doppen, kurken, touwtjes. Na lang wroeten diepte hij een klein wit potje op en maakte een gebaar dat de inhoud de hond goed te pas zou komen. 'Chinees medicijn,' zei hij.

Mulders mond viel open. De man sprak! Hij was helemaal niet doofstom. Maar waarom zweeg hij vroeger dan altijd als ze samen opliepen? Of lag het aan Mulder? Had hij ooit eerder tegen hém gepraat?

'Chinees medicijn, heel goed,' herhaalde de Chinees. Zijn Frans was zacht en zangerig. Hij prees een smeersel aan dat alle wonden zou helen. Zelf leek hij het niet te gebruiken: zijn rechterhand was ontstoken. Toen hij het potje ophield zag Mulder een open zweer op zijn middelvinger. 'Daar moet u wat aan doen,' zei hij geschrokken. 'Niet de hond maar ú moet zalf.' Hij bestudeerde de wond – het stonk en het lekte. 'U moet er onmiddellijk mee naar een dokter.'

De Chinees schudde lachend nee.

'Een Chinese dokter.' Mulder verbaasde zich over zijn daadkracht.

De Chinees trok geschrokken zijn hand terug.

Mulder hield aan. Was het om het geld? Hij zou het betalen, de apotheek, alles.

De Chinees zweeg.

Had hij geen papieren?

Geen reactie.

'Een dokter verklikt niks, dat mag hij niet. Laat mij u helpen,' smeekte Mulder. 'Ik heb geld.'

De Chinees keek hem verwond aan. 'Ik leef zonder geld.'

'Maar op straat weigert u het niet.'

'Alleen eten neem ik aan, en dozen, meer heb ik niet nodig.'

'Luister, laten we naar een dokter gaan.'

De Chinees gaf een duw aan zijn kar en liep door.

'Hoe heet u?'

'*Le Chinois*.'

'U hebt toch een naam?'

'Mijn naam is: Le Chinois.' Zijn woorden waren op. Hij zei niets meer, hoe Mulder ook aanhield.

'Maar ik wil iets doen!' schreeuwde hij. Hond en voorbijgangers keken hem verbaasd aan. Er kwam geen innerlijke stem aan te pas. Mulder schrok er niet minder van.

Zeven slagen dreunden over de daken. Het stucwerk aan het plafond beefde ervan, een gipsen pruim barstte open en er viel een schilfer op de dekens. Mulder opende de luiken van zijn slaapkamer, liet de koele ochtendlucht binnen en groette zijn torens. Aan de overkant, een paar ramen lager, sloeg een vrouw een gele stofdoek uit. Minutenlang. Ze liet een koppel eenden uit haar doek ontsnappen, zo krachtig klapwiekte de echo tegen de muren. Mulder zuchtte en verlangde naar vleugels. Maar hij had loden armen en zijn schouders hingen. Twee hondenogen hadden hem de hele nacht aangestaard. Uitgeput was ie. En toch vroeg de dag om daden.

Iets doen. Zijn huis dweilen. De vorige dag uit zijn geheugen wassen. Zijn ramen lappen, de badkamerspiegel met een ouwe krant oppoetsen – hij wou zichzelf weer in de ogen kunnen zien. De hond ging met de prop aan de haal. Speelde ermee. Een vetgedrukt woord rolde voorbij: **crematie**. Mulder pakte de prop af en las: 'Twist over crematie. Ambtelijke diensten besluiteloos over rituele begrafenissen van brandslachtoffers.'

Hij belde de mairie en vroeg hoe de schoonmaakster uit Sri Lanka heette en waar ze was ondergebracht. De dienstdoende ambtenaar mocht het hem niet vertellen. Hij belde opnieuw, maar nu in de hoedanigheid van tweede secretaris van de ambassade van Sri Lanka, en vroeg met een zwaar accent de hoogst verantwoordelijke ambtenaar te spreken. Hij kreeg de verlangde gegevens terstond. Bureaucratie dwingt tot leugens. Daarop schreef hij de schoonmaakster een brief van twee regels: 'Chère Madame Srimathie Ramdunu, het is mij ter ore gekomen dat uw man nog altijd niet is gecremeerd. Hierbij een bedrag dat u zal helpen zijn werelds afscheid naar behoren te regelen.' En daaronder een onleesbare handtekening. Hij schreef een cheque uit – vier keer de prijs van een hoer – maar bedacht zich halverwege: een illegaal kan geen cheque verzilveren. Bovendien wilde hij anoniem blijven. Zomaar geld per post versturen leek hem te riskant. Iemand moest haar persoonlijk het geld ter hand stellen.

Iets doen.

Madame Ramdunu woonde in een hotel voorbij de ringwegen, in een buitenwijk ver van haar tempel. Zou hij het nog een keer wagen? Het was zeker een paar uur lopen, maar goed voor zijn hart. Nog geen jaar geleden had een cardioloog hem te lui bevonden, hij moest meer bewegen, minder eten en drinken. Wat een mens allemaal niet moest doen om iets te laten. Te veel. Maar lopen deed hij, vooral sinds zijn hond.

Iets doen, deze morgen nog.

De hond voorvoelde dat er wat stond te gebeuren, liep mee naar de klerenkast. Samen kozen ze uit: een spijkerbroek met een vergeelde vouw, om sentimentele redenen nooit weggegooid, een T-shirt en een kreukeloverhemd. Mulder schoor zich niet, verruilde zijn dure Breguet voor een goedkope Swatch en haalde zijn creditcards uit zijn portemonnee – zo harnaste hij zich voor de buitenwijken.

De hond liet zich optillen door een ochtendbries. Mulder sjokte achter hem aan, de spijkerbroek sneed in zijn pens, hij voelde zich ineens zeer oud. Maar toen ze voorbij de gevangenis een plein met grote bomen overstaken, waar de hond om de zoveel meter een reukvlag wenste te plaatsen, kreeg hij zowaar een por van jeugdigheid. Hij kende dat plein maar al te goed, een plein in de vorm van een taartschep. Jarenlang had hij het weten te omzeilen, hier had hij in 1969 zijn grote liefde ontmoet. Cathérine. Het bleef voor altijd hun plek. Ze zat naast hem in de *tabac* een eclair te eten, met haar benen over elkaar – benen die nooit leken op te houden. Ze zoende dat taartje. Een week later trok ze bij hem in. Ze bleven dag en nacht bij elkaar, hij die dacht genoeg aan zichzelf te hebben kon geen minuut meer zonder haar. Na maanden geluk vond hij op een middag een briefje dat ze vertrokken was. Zomaar. Ze had alleen haar studieboeken meegenomen. Haar witte nachthemd hing nog voor het badkamerraam. Hij zocht haar overal, liep alle tabacs in de buurt af. Wanhopig was hij. Woedend. Maar dat hemd liet hij hangen. Een troost bij het thuiskomen, alsof ze hem opwachtte achter het raam. Na een maand zat ze weer in de kamer, benen over elkaar, met twee eclairs uit het café. Ze zoenden elkaar met volle mond. Hij kreeg geen kans om te mokken, hij vergat de pijn – gelukkig was ie. En zij zo licht en zo vrolijk. Ze zong onder het koken. Een halfjaar later was
ze er weer vandoor. Drie keer verloor hij haar. Ze lachte om zijn verwijten. 'Je verlangen bedrukt me,' zei ze. Hij vergaf haar en zij hem. Ze vreeën het bed kapot. Tot ze voorgoed verdween. En hij bleef altijd van haar houden. Iedereen versleet hem voor gek maar hij kon niet aan andere vrouwen denken, liet er niet één meer toe. Cathérine was zijn maat der dingen – de enige van wie hij houden kon. Ze had geen geur. Hij kon met zijn neus uren tussen haar schouderbla-

den liggen en niets ruiken. Het zuiverste niets.

Hij dronk een koffie in de tabac. Regelde water voor de hond. De eclair stond nog altijd op de kaart. En hij wachtte. Cathérine kon elk moment binnenkomen. Hij zag haar hoge benen door haar zomerjurk schijnen. Haar grappige opspringende kontje dat een eigen leven leidde.

Maar de hond zag het niet, rook haar niet, en wou ervandoor.

Mulder liet zich weer meetrekken en verruilde zijn studentendroom voor een tocht door de stenen dromen van de jaren zeventig: de betaalbare hoogbouw aan de randen van de oude stad – uitgewoond en aangetast door betonrot. Een blinde woede laaide in hem op, hij haatte lelijkheid, maar dat deed ie z'n hele leven al, voor het eerst dacht hij nu ook aan de mensen die er moesten wonen en haatte hij de minachting die uit de bouwsels sprak. 'Hier, dat is voor jullie,' ademden die ontwerpen uit, 'hokken voor de mindere soort.' En hij kneedde bommen in gedachten, maar hij werd moe van zijn woede en bang. Na het zien van de eerste rij uitgebrande auto's verstopte hij het geld voor madame Ramdunu onder zijn T-shirt – het tekende zo in zijn spijkerbroek. Al wandelend voelde hij het over zijn buik naar zijn zij kruipen, als een kietelende hand. Hij dacht aan haar, aan haar donkere ogen, haar trots, en probeerde zich voor te stellen hoe ze zou kijken als ze zijn brief las. Zou ze een anonieme gift accepteren? Hoe moest ze anders aan geld komen, had ze werk? Hoe woonde ze? Fikten er onder haar raam ook auto's? En zijn hond, hoe lang kende ze hem al? Vragen die hij niet zou stellen. Nog niet. Maar denkend aan haar liep hij stukken lichter.

Een gesuis spoelde door de huizenblokken – ze naderden de ringweg. Op de verkeersbrug, boven een gracht lawaai, meende Mulder in de verte een moskee te onderscheiden, een rode minaret tegen een gloed van fabrieken en smeltovens. De minaret wenkte, kwam niet dichterbij; ze moesten voortdurend omlopen en werden verjaagd door nijdige bewakers achter ijzeren hekken. Verboden industrieterrein. De hond wist de bewakers telkens te kalmeren, hij kende de sluipwegen in dit niemandsland, straalde het zelfvertrouwen van een leidsman uit. En hoewel Mulder zich ongemakkelijk voelde, wist hij dat zolang de hond naast hem liep, niemand hem de weg zou versperren.

In de verte doemde een nieuwe stad op. Eerst moesten ze een vlakte oversteken waar miljoenen liters stront in ronde bassins werden vermalen. Drek uit de riolen. Zelfs de hond kon er niet tegen. Hij niesde aanhoudend en zijn ogen traanden, zo tastbaar was de smerige lucht. Op den duur raakten hun neuzen enigszins gewend, maar toen wisten ze al niet meer waar ze waren en greep het betonnen labyrint aan de overkant hun naar de strot. De hond was zijn gevoel voor richting kwijt – niet zijn neus, zijn ogen bedrogen hem: alle hoeken waren aan elkaar gelijk, overal stonden eendere gebouwen. Hij ging achter zijn baas staan, die moest het maar uitzoeken. Ook Mulder keek vertwijfeld om zich heen, straatnamen werden niet aangegeven, de enkele auto die voorbijkwam weigerde te stoppen, voetgangers vertoonden zich niet.

Een jongen speelde met een bal. Ze liepen op hem af. Een hotel? Hier? Dit was 9-3. In *neuf-trois* kwamen geen toeristen. Mulder begreep hem niet. De jongen griste het papier uit zijn hand. Waar moesten ze naartoe? Hij spelde hardop naam en straat. Pakte zijn bal op en ging hun stuiterend voor. De hond zag het als een spel en Mulder pufte erachteraan. Uiteindelijk kwamen ze bij een flatgebouw waarvan de helft was afgebroken, er hingen felgele waarschuwingsborden: ASBESTGEVAAR. HELM OP. In het deel dat nog stond – gebouw G – waren de benedenverdiepingen dichtgetimmerd. Daarboven hingen schotelantennes op de kleine balkons en wapperde hier en daar wasgoed. De liften werkten niet. Geen naambordjes. De binnenplaats was een vuilnishoop. 'Hoe kunnen mensen elkaar hier vinden?' vroeg Mulder.

De jongen gaf geen antwoord, opende een met staalplaat versterkte deur die toegang gaf tot een trappenhuis en tikte de bal tree voor tree naar boven – onvermoeibaar. Hij had de nek van een stier en gespierde billen. Zelfs de hond had moeite hem bij te houden, er kleefden vlokken stof aan de rubberdoppen onder zijn poten. Zeven verdiepingen klommen ze, en dan door naar een ander trappenhuis en nog eens zeven. En hoe hoger, des te benauwder en warmer het werd. Mulder baadde in het zweet. Ze hingen over de reling van een smalle overloop, een glazen brug tussen twee gebouwen, en overzagen een labyrint van witte blokken. Zerken. Uitgestorven leek het, toch moesten daar beneden duizenden mensen wonen. Mulder drukte zijn voorhoofd tegen de vuile ramen.

'Pas op!' riep de jongen.

Een man kwam aangerend, zwaaiend met zijn armen. 'Wat moet dat hier?' Hij schold de jongen de huid vol – zijn zwarte huid, ja, hij kende ze wel, dat soort. Zijn sleutels rammelden, er bungelde een knuppel aan de lus van zijn camouflagebroek en hij droeg hoge veterschoenen. Hij noemde zich conciërge en bleek ingehuurd door een bewakingsdienst, al had hij de klauwen van een inbreker en de drie stippen in de vouw van zijn duim – souvenir uit de gevangenis. Hij hield 'het gespuis' eronder, zei hij. Letterlijk. Daarom zat hij ook boven. Hoe lager, hoe gevaarlijker. Beneden was je je leven niet zeker. En als Mulder het niet wou geloven, moest hij vooral tegen de sponningen leunen want die waren verrot. 'Ik waarschuw niet iedereen.' Hij lachte gemeen naar de jongen. Toen de hond ook zijn tanden liet zien, bond hij in.

Madame Ramdunu kende hij niet. 'Die lui veranderen bij elke verhuizing van naam.' Zonder een datum van inschrijving kon hij niks beginnen. En al wist hij het wel, het was zijn taak deze mensen tegen indringers te beschermen. Hij keek ineens heel nobel.

Mulders nederigheid maakte geen indruk. Een biljet van tien euro en het gegrom van de hond wel. Nou, vooruit dan, als blanken elkaar niet meer konden vertrouwen... Madame Ramdunu deelde een flat op de derde verdieping. 'Een van de weinigen die werken,' zei de bewaker.

Ze klopten op haar deur. Hoorden een poes miauwen. De hond piepte verlangend. Ze wachtten, de hond plat op z'n buik, snuivend tegen de drempel. Hij moest niezen. Mulder ging op zijn zakdoek zitten. De jongen bleef hangen, ook toen Mulder hem nadrukkelijk zei dat hij kon gaan. Hij zweeg, keek alleen maar. Nukkig en verlegen. Uit ongemakkelijkheid begon Mulder met zijn hond te praten, in het Frans – ze waren nu eenmaal in die taal begonnen.

'Daar zitten we dan,' zei hij, 'allebei op onbekend terrein.'

De hond keek hem met een scheve kop aan, maar het was de jongen die antwoordde: 'Ik ben hier geboren.'

'In dit gebouw?'

'Nee, in *le neuf-trois...*' Het getal zong in zijn mond. 'Negen-drie' was zijn departement. De jongen deelde zijn wereld op in codes en nummerborden: 9-3 was top!

'Wat is er zo bijzonder aan?' Ook dat vroeg Mulder aan zijn hond en hij aaide hem, in de hoop de jongen zo aan te moedigen.

'De lucht,' zei de jongen. Veel meer lucht dan in Parijs. Parijs was een gevangenis. 'En de pleinen.' Waar hij zijn vrienden ontmoette. De jongen telde met zijn vingers en gaf ritme aan zijn ode: 'En Buffalo Grill, MacDo, en Quick, Quick is beter, Pizza Hut, Hippopotamus.' Heel 9-3 at daar. 'Het voetbalveld. De fresco's.'

'De wat?'

'Muurschilderingen.' Elke week een andere, als hij tenminste genoeg geld had voor een nieuwe spuitbus. 'De kleuren.' Oker, karamel, ivoor, zwart. De kleuren van 9-3. Parijs – 75 – was hem te wit.

De jongen wreef zich over de stoppels van zijn kaalgeschoren hoofd. Ja, 9-3 was top.

Madame Ramdunu kwam niet opdagen. De hond knaagde aan z'n rubberdoppen. Pizza, MacDo... woorden die hem hongerig hadden gemaakt. De jongen bood aan hamburgers te halen. Vijftig euro gaf Mulder hem mee, hij had meer groot geld dan klein. Die zie ik niet meer terug, dacht hij. Een halfuur later bracht de jongen drie lauwe sponzen en een handvol wisselgeld. Bonnetje erbij.

Ze wachtten. De jongen toetste spelletjes op zijn mobiele telefoon en liet een mannetje gillend van flatgebouwen springen, kwellend lang. De lucht van 9-3 kreeg een gouden gloed. Vrouwen zeulden met tassen voorbij, kinderen jengelden in het trappenhuis. De bewaker sloeg met zijn sleutels op de reling. Overal leven en lawaai, behalve bij mevrouw Ramdunu. Geen medebewoner diende zich aan. Mulder keek op zijn Swatch – nog een uur en het zou donker worden. Hij haalde de envelop onder zijn T-shirt vandaan en streek de kreukels glad. Er zat een vlek in haar naam – van zijn zweet – maar je kon niet zien dat er geld in zat; het was een degelijke, ambtelijke, niet-doorschijnende envelop. Zou de jongen hem aan madame Ramdunu willen afgeven? En alleen aan haar persoonlijk. 'Ik vertrouw je. Het is heel belangrijk. En vraag hoe deze hond heet, ze kent hem uit het huis waar ze vroeger woonde, een afgebrand huis.' Hij vroeg de jongen om zijn telefoonnummer. Morgen zou hij hem bellen of het was gelukt.

De jongen wou er geen geld voor. 'Dat doen we niet in 9-3.'

'Schijnheil,' zei Mulder. 'Je moet niet te eerlijk zijn, dat leidt alleen maar tot teleurstelling – bij jou, en bij mij.' Hij stopte hem het wisselgeld van de hamburgers toe.

De jongen kreeg een kleur. Mulder wist niet dat zwart zo dieprood kon worden.

Een brief van de politie (voor Mulder) en een brief van de kerk (voor Nicolas Martin), broederlijk in de bus. Mulder gooide beide ongeopend op de keukentafel. Bij de stapel. Bankafschriften opende hij twee keer per jaar. Belastingaanslagen stuurde hij ongezien naar zijn accountant door, hij hoorde wel wanneer zijn geld op was. Kon hij altijd nog in de Seine springen. Zelfmoord als waardevast pensioen: op een dag dat het smeltwater van de bergen de rivier deed zwellen, daar waar de kades het hoogst waren – ver van reddende handen. Mulder gromde. (Van zijn hond geleerd.) Post kon z'n hele dag verpesten. Telefoon nam hij zelden op, hij hield er niet van bereikbaar te zijn, stond ook niet in het telefoonboek, niemand die zijn nummer wist, alleen colporteurs met plastic tuimelramen in de aanbieding. Maar nou moest hij verdomme die jongen bellen, vragen of het gelukt was met het geld. Vreemde tonen hoorde hij, hij werd doorgeschakeld naar een blikken stem: *Dit nummer is wegens diefstal buiten gebruik gesteld.* Zo doen ze dat in 9-3.

Toen ook nog eens twee dagen later een tweede bruine envelop met de gespiegelde P's van de Préfecture de Police in de bus viel, moest hij een pilletje voor zijn hart onder zijn tong leggen, zozeer wond het hem op. Toch gooide hij ook die brief op de stapel, al stonden er drie rode strepen onder zijn naam. Om zijn geweten te sussen scheurde hij wel die van de kerk open. Drukwerk met een blauw kruis in top: de aankondiging voor een lunchconcert, verzorgd door orgelstudenten van het conservatorium. Opbrengst voor Afrika. Daaronder in handschrift een regel van père Bruno: *Geef het heilige niet aan de honden!*

Wat bedoelde hij daar nou weer mee, dacht ie soms dat hij zijn hond ouwel voerde?

Mulder ging erheen. Alleen. Al was het maar om hem uitleg te vragen. De pater droeg een Afrikaans hemd over zijn soutane. Er hing een groene krokodil over zijn schouders. (Gezegend zijn zij zonder smaak.) Hij hield een symbolisch praatje over het orgel: geen harmonie zonder zwarte en witte toetsen. Albert Schweitzer had er als student op geoefend. Mooie woorden. Straatcollecte na afloop. Niet alleen de kerk, maar de hele buurt zou er straks aan moeten geloven.

Het glas in lood trilde van de ambrosiaanse hymnen. Mulder trok er het juiste gezicht bij. Vroom. Uit angst voor valse sentimenten dacht hij aan zeer aardse dingen: de geiser moest schoongemaakt, er zaten bruine kringen in het plafond van de badkamer. Onderwijl dwaalde zijn blik door de kerk en bewonderde hij het opwaartse metselwerk, de bogen en het open gewelf van duizenden steentjes. Het schimmelde in de hemel. Hij gluurde naar de aanwezigen – brave blanken met een oor voor orgel en een hart voor Afrika. Geen zwart gezicht te bekennen natuurlijk. Of toch... in het zijpad, bij het beeld van Maria, schuifelde het zwarte mannetje weer rond. Zeker opgetrommeld voor de collecte. Naar de schilderijen durfde Mulder niet eens goed te kijken, bang om in lachen uit te barsten bij het metershoge *Zielen in het vagevuur* – een middeleeuws billboard voor Pizzahut. Spot. Hij kon het niet helpen, hoe hij er ook tegen vocht: hij zag alleen de wansmaak, hoorde alleen het valse spel – de hymnen pompten venijn in hem op. Hij had die envelop nooit moeten openmaken.

Kon hij maar weg... Net toen hij moed had verzameld om op te staan, werd hij in zijn stoel teruggeworpen. Bliksem in zijn oor. Rillingen over zijn rug. Hier geen stijfheid maar dwarreling, eindelijk een student die het van het orgel won, iemand die geen noten speelde maar muziek. Geen flauw idee wat – het programma was door de schok van zijn knieën gegleden. De tonen tilden Mulder op. Hij sloot zijn ogen en zweefde.

De collectemandjes gingen van hand tot hand. Mulder zocht niet naar geld maar naar een zakdoek, het mandje gaf hij onnadenkend door. Hij liet zijn hartpillen rammelen, wat munten, en diepte uiteindelijk een klein wit potje op – het zalfje van de Chinees. Hij moest het ongemerkt in Mulders jaszak hebben laten glijden. De mensen stonden op. Mulder merkte het niet. Een buurvrouw raapte zijn programma van de grond en legde het op zijn schoot. De kerk liep leeg. Het kaarsenmannetje blies de grote kaarsen uit en verzamelde ze in een grove papieren zak.

De klokken sloegen twee uur. Sterker, ze sloegen op hol. Ze beierden voor Afrika. De orgelstudenten leefden zich uit aan de klokkentouwen – de buurt werd tot vrijgevigheid opgeroepen. Mulder liet het gebeier over zich heen komen. Wijdbeens, hoofd in de nek, met open mond. Hij snakte naar adem.

Een hand daalde op zijn schouder. 'En?'

Mulder opende zijn ogen en keek recht in de grijns van père Bruno. Hij schoot rechtop. 'Wat een lawaai,' zei hij.

'Lawaai dat ontroert,' zei de pater.

'Nee, lawaai dat me op m'n donder geeft.'

Een paar studenten kwamen luid pratend het middenpad op, halfdoof van hun eigen gebeier. Mulder vroeg hun wie het laatste stuk had gespeeld. Een bleke pukkelaar stak zijn vinger op. 'Een koraal van Bach, *Schmücke dich, o liebe Seele.*' Mulder had hem wel tegen zich aan willen drukken, maar gaf hem een stevige hand. 'Au!' zei de student en liet de blaren op zijn handen zien.

'Van Bach?'

'Nee, de klokkentouwen. De wraak van Quasimodo.'

Mulder haalde het witte potje zalf uit zijn zak en gaf het de jongen. 'Chinees medicijn, heel goed.' Zonder afscheid van de pater te nemen sloop hij weg van het uitgelaten gezelschap. Maar hij was nog niet bij de deur of hij werd door hem teruggeroepen: 'Als u echt op uw donder wilt, kan ik u de klokken van dichtbij laten zien.'

'Ik ben een verloren zaak,' zei Mulder.

'Er wacht al jaren een fles whisky boven in de toren. Orentroost.'

Ze leenden beiden een kaars bij Maria en liepen samen de trap op.

'Pas op, hier komt een donker stuk,' zei père Bruno, 'laat uw kaars niet uitwaaien.' Mulder liep drie treden lager in de schaduw van een krokodil en een soutane. De cirkel van zijn vlam liet zijn voeten in het donker tasten, alleen op de tussenverdiepingen brandde een peertje. Stof dwarrelde op en het was er zo bedompt dat Mulder bij elk luchtgat diep adem moest halen voor een volgende ronde. De kastanjebomen lagen al ver onder hen, het plein glansde dof en de fontein klaterde onhoorbaar – stap voor stap ontstegen ze aan het geruis van de stad.

'Wat kraakt daar onder mijn voeten?' vroeg Mulder.

'Duiven,' zei de pater. 'Sommige liggen hier al meer dan

een eeuw.' Hij schoof er een met zijn schoenpunt opzij. Een vederlicht, uitgedroogd skelet.

'We zijn op de helft.' Père Bruno ging voor op een overloop, een rustpunt in de ronding van de trap. 'Er zijn hier kamertjes en opslagruimtes waar geen mens ooit komt. We zijn ze nu aan het schoonmaken, even kijken hoe het vordert.' Ze betraden een donkere ruimte waar drie deuren op uitkwamen. Stofvrij, alles aan kant. 'Hier woonde vroeger de klokkenluider.' Père Bruno stak zijn hoofd om een deur en Mulder keek over zijn schouder naar een balkenplafond. Ze stonden op de drempel van een rond kamertje met een smal raam en een bed en een tafel. Het rook naar kaarsvet en er hingen een paar knullig getekende landkaarten aan de muur. 'Hier woont iemand!' zei Mulder verbaasd.

'Officieel niet,' zei de pater. 'De schoonmakers maken het zich hier soms al te gerieflijk.'

Hij sloot snel de deur en liet zijn kaars naar andere donkere hoeken dwalen. Ook daar tekens van leven... een paar schoenen, laarzen.

De pater deed zijn best zijn aandacht af te leiden: 'Kijk, hier in deze nis ligt een houten engel, die moet eigenlijk mee naar beneden. Vorig jaar heb ik in de linkertoren nog een vijftiende-eeuwse madonna gevonden.' Hij had haar willen veilen voor Afrika – 'haar ogen vroegen erom,' zei hij – maar de bisschop had het beeld ingepikt.

Ze liepen de trappen weer op, in steeds kleinere cirkels. De muren schuurden tegen Mulders schouders, het duizelde hem en hij voelde een lichte kramp om zijn hart. Stof klonterde aan de zoom van de soutane. Een koele wind wervelde door het trapgat, ze moesten hun kaarsen telkens weer aansteken en nog struikelde Mulder over slordig opgerolde resten touw. In het klokkenhuis dansten er spatten zonlicht tussen de balken en zagen ze wolken door de kieren jagen.

Hun zolen krasten op de planken. Roest, door de klepels losgeslagen. Mulder voelde de hoogte in zijn ingewanden.

De klokken gaapten boven hun hoofd. 'Dat is Charlotte,' zei de pater, 'ruim tweehonderd jaar oud.' Mulder keek omhoog en stond oog in oog met een zwijgende schreeuw. 'Je zou het niet zeggen, maar ze heeft een zuivere A.' Père Bruno stelde ook de andere klokken voor: 'Henriette, dit is monsieur Martin. Valérie, Pauline, Thérèse...' Hij kende ieders geboortejaar en toon. Hun gietijzeren rokken wiegden licht in de wind.

De pater keek op zijn horloge, gebaarde Mulder tegen de wand te gaan staan en drukte zijn vingers tegen zijn oren. Ze wachtten en keken elkaar aan, klaar voor de slag van drie uur. Hun gezichten zaten onder de vegen. Mulder hijgde, de pater grijnsde.

Charlottes klepel trilde en daarna haar hele logge lichaam. Ze nam een aanloop en sloeg. Zo hard dat Mulder eerst niks hoorde. Een golf geluid drukte hem tegen de muur, een echo die een uitweg zocht. Twee andere klokken kwamen in beweging, hun scherpe, hoge klanken sneden hem de adem af, en weer twee. Vijf furies sloegen hem in het gezicht. Ze schroeiden zijn wimpers – zo voelde het. Tranen spoten uit zijn ogen, niet van ontroering, maar door de verplaatste lucht. Hij stond in een eb en vloed van geluid. Was dit de dagelijkse kerkklok van drie uur? Zo vol, zo veel? De lippen van père Bruno bewogen, maar Mulder kon geen woord verstaan en hij was te versuft om ernaar te raden. Een whiskyfles zwaaide voor zijn ogen. Stof werd uit glazen geblazen. Ze dronken op Charlotte – de trouwe klok van de hele uren. Maar speciaal voor hem, ja, 'voor de ongelovige Nicolas Martin'– de pater moest er zich schor voor schreeuwen – 'SPECIAAL VOOR DE ONGELOVIGE' – lieten alle vijf de dames tegelijk van zich horen. 'TEGELIJK...' Een grap, Bruno had een verborgen schakelaar omgedraaid. Hij greep Mulder hartelijk bij de schouders, lachte zijn oprechte knoflook-whiskylach en wees hem op een spreuk aan de binnenrand van Charlottes bronzen jurk: *Sona Bene Fac Bona*. Klink goed, doe goed. Mulder tolde van de drank en durfde niet meer omhoog te kijken.

Doof liep hij mee de trappen af. Klein geslagen.

Halverwege, toen Mulder zijn eigen stap weer kon horen, hield hij de pater staande... Hij moest even zitten, zei hij, ook al was het op een tree in het stof, tussen de verdroogde duiven. Zijn borst deed pijn en hij moffelde stiekem een pilletje onder zijn tong. De pater had niet door dat zijn gast zo leed, hij aaide een eeuwenoude steen. 'Wat een toren,' zei hij, 'ik zou hem elke dag moeten beklimmen.'

'Dé manier om snel in de hemel te komen,' hijgde Mulder.

'Ja, onze klokken maken high,' lachte père Bruno. 'Ze zijn gedoopt als christenen en met heilige olie gezalfd door de bisschop zelf, hun galm is de stervenden in hun laatste uren tot steun, zieken vinden er kracht in... ze zegenen deze omgeving.' Zijn gezicht straalde in het kaarslicht, hij hield van zijn klokken. 'Herauten van de kerk' noemde hij ze, 'buitenstemmen.' Hij bezong hun ouderdom als goede wijn: hoe rijper hoe beter.

'Ze trillen het stucwerk van mijn plafond,' zei Mulder.

'Maar wat doen ze met u, monsieur?'

'Ze wekken me te vroeg.'

'En daarnet, hier?'

'Maakten ze me bang, heel bang.' Mulder zei het met afgewend gezicht, het bloed joeg naar zijn wangen. Maar de pater zag het niet – ook dat niet – het was te donker voor zichtbare schaamte. Hun kaarsen hadden het begeven.

Ze staarden in de duisternis, maar juist die duisternis gaf Mulder weer moed. De pil kalmeerde hem. 'Ik zou ook wel

eens willen biechten,' zei hij, 'alleen zonder God en gezever.'
'Ga uw gang.'
Mulder haalde diep adem en vertelde over de valse naam, de naam die tijdens de brand een gezicht en een stem had gekregen: Nicolas Martin. Een naam die hem influisterde: 'Doe wat. Doe wat je hart zegt.' Maar zijn hart zei niets. Ja, het lekte. Mulder deed niets, al had hij wel wat geprobeerd. 'Ik mis elke overtuiging,' zei hij zacht. Te zacht, want hij was eigenlijk kwaad, al had hij geen idee waarom.
'Lees Job,' zei de pater.
Mulder zuchtte. 'Geef het heilige niet aan de honden.'
'Dat sloeg op de hond, hij kan niet tegen het orgel.'
'En op mij,' zei Mulder, 'ik ben te goddeloos.'
'Bestraf de spotter niet, opdat hij u niet hate. Bestraf de wijze, dan zal hij u liefhebben.'
'En allergisch voor de Bijbel.'
Père Bruno vroeg of Mulder er last van had. Of hij toch niet heimelijk naar God zocht?
Nee, hoe kwam de pater daarbij! Mulder stampvoette. Een ouwe veer vloog op. Wat dan? Hij zocht vervulling, een zwaar woord waar Mulder onmiddellijk weer de spot mee dreef. Ach wat, hij was sentimenteel de laatste tijd. Hij wou gewoon iets met zijn leven doen, een paar mensen helpen misschien. Hij sliep slecht, vervloekte zijn nachten, zijn dagen...
'Waarom bent u alleen?' vroeg de pater.
Hij haalde zijn schouders op. Het kwam allemaal door die hond. De hond maakte hem alleen.
Ze rookten samen een sigaret in het donker. Mulders eerste sinds jaren. Een vreemd soort vriendschap gloeide tussen hen op. Père Bruno vertelde over een reis naar Israël, zijn eerste vakantie na tweeëndertig jaar Afrika – een cadeau van de broeders. Hij had door de Bijbel gewandeld, zei hij, het

meer van Galilea gezien en de Dode Zee. Een vruchtbaar meer en een dor – beide gevoed door dezelfde rivier, de Jordaan. 'Het meer ontvangt water, maar geeft het ook door,' zei de pater, 'de Dode Zee ontvangt alleen, houdt vast en geeft niks.' (Geen preken, geen preken, bad Mulder in gedachten.) 'Alleen maar ontvangen maakt arm, je moet ook kunnen geven, dat verrijkt het leven, van anderen én van jezelf.'

Makkelijk als je niks hebt, dacht Mulder. En toch bedankte hij hem bij het opstaan voor zijn wijze woorden.

Ze sloegen het vuil van elkaars kleren en cirkelden de trappen af. Mulder liep voorop, de pater legde zijn hand op zijn schouder. Het geroezemoes van het plein drong weer door. De fontein klaterde. Hun ogen waren zo aan het schaarse licht gewend dat ze geen kaars meer nodig hadden.

Het was stil beneden in de kerk, op een paar knielers bij Maria na. De kleine zwarte man drentelde als een mot om zijn kaarsen, behulpzaam als altijd, aansteker in de hand. Père Bruno liep op hem af. 'Dit is onze monsieur Ngolo,' zei hij tegen Mulder.

Monsieur Ngolo bracht van schrik zijn hand naar zijn mond.

'Meneer, eh... Mulder is te vertrouwen,' zei de pater. Ze fluisterden een paar woorden in een vreemde taal. Ngolo schudde heftig van nee, hij wilde weglopen, maar de pater stelde hem gerust.

'Woont hij soms in de toren?' vroeg Mulder.

'Niet officieel,' zei père Bruno.

Monsieur Ngolo kalmeerde. 'Maar... maar ik ken meneer,' grijnsde hij. 'U bent een kaars vergeten te betalen.'

Bij het verlaten van de kerk stuitte hij op de eenbenige bedelares, rammelend met haar prothese. 'En, heeft ie gepoept?

Heeft ie gepiest?' vroeg ze.

'Wie?'

'Onze heilige pater.'

'Niet dat ik weet.'

'Zie je wel, zie je wel.'

Verdomd, dacht Mulder, ik moet mijn hond uitlaten.

Brief van de hond: een grote gele plas voor de deur van de wc. Een stil verwijt, op de juiste plek; had zijn baas het maar niet zo ver moeten laten komen. Mulder nam hem snel mee naar buiten. Als kersverse hondenman wist hij inmiddels dat er twee soorten plassen bestonden: de noodzakelijke en de sociale. En ook van de sociale plas moest zijn hond worden verlost. Mulder gunde hem alle tijd voor het besprenkelen van uitwerpselen, bomen en paaltjes. Het voorspelbare gedrag. Etensresten als vertrapte crêpes en kots kregen eveneens een beurt – tenzij hij er zelf zin in had. Bij een platgereden duif of rat trok Mulder hem weg omdat hij zich er anders in zou omwentelen, ook daarin week zijn hond niet van gewone honden af. Maar al wandelend had hij ook een bijzondere neus voor drukwerk ontwikkeld. Hij besnuffelde elke krant die op zijn pad kwam – alsof hij hem eerst wilde lezen alvorens te zegenen. Hetzelfde bij reclamefolders, flarden affiches en strooibiljetten – de geur van drukinkt wond hem op. Zoals Mulder in zijn boeken streepte, markeerde zijn hond papier. Voorbeeld doet volgen. Sinds hij met regelmaat zorgvuldig werd geborsteld waste hij zich ook beter en spoelde zelfs voor het binnengaan zijn poten in het frisse water van de goten, ja, hij leerde goede manieren. En slechte. Zo bleek hij een neus voor rangen en standen te hebben ontwikkeld. Dure honden trokken ineens zijn aandacht: gecoiffeerde poedels, kortademige pekinezen, beige pointers die bij het bankstel pasten en nuffige schoothondjes met strikken in het haar. Er hoefde maar een mantelpak met zo'n bewegend kraagje langs te komen, of hij ging breeduit op de stoep liggen kwispelstaarten. De shampoo was hem naar z'n kop gestegen en dat was nog tot daaraan toe, maar hij gedroeg zich ronduit arrogant als hij een straathond tegenkwam. Geen snuffel kon er meer af. Verwarrend: had Mulder net in het voetspoor van zijn hond oog gekregen voor zwervers en outcasts, bleek diezelfde hond, verwend door zijn nieuwe luxeleven, zich van zijn arme soortgenoten te distantiëren. En hij dacht nog wel van hem te kunnen leren. Hij snoof zijn wereld op. Als ze 's avonds hun laatste ronde maakten en Mulder, aangestoken door al dat geklater, ook tegen de muur van het park plaste, deed zijn hond daar altijd nog wat druppels bovenop. Het ontroerde hem de eerste keer. Nu ben ik dus een hond, dacht hij. Maar misschien wou zijn hond juist aan het hondzijn ontsnappen en leerde hij al jarenlang voor mens.

Die middag gebeurde er iets waarbij de rollen nog diffuser werden. Bij een parkje aan de voet van de hoge kademuren van de Seine, waar je zo het water in kan lopen en Mulder de hond vaak even losliet, werd juist door twee pompiers een aangespoelde sporttas op het droge getrokken. De hond liep er met hoge staart op af. Mulder riep hem terug, maar de pompiers lieten hem zijn gang gaan en schudden de druipende tas voor z'n ogen uit... Zes pasgeboren golden retrievers rolden over het gras. De hond verkende de lijkjes, rook eraan, besprenkelde ze niet. Hij keek vragend op naar zijn baas: wat moeten we hiermee aan? De pompiers wilden de hondjes in een grote witte zak gooien, als vullis. Ze hielden er een op aan zijn staart. De hond jankte vreselijk, alsof zijn eigen jong daar bungelde, en toen de mannen hem uitlachten liet hij grommend zijn tanden zien. Het scheelde niet veel of hij vloog ze aan. Ze sommeerden Mulder onmiddellijk in te grijpen, maar de hond liet zich niet pakken. Geen pompier mocht naderbij komen. De hond pakte een van de jongen bij het nekvel en de baas wist wat hem te doen stond: op de knieën en gedienstig de tas openhouden. Elk lijkje werd met zorg teruggelegd. Eén lichaampje viel bij het oppakken uiteen. De hond weigerde het aan te raken. Een pompier wierp Mulder een paar rubberhandschoenen toe. Hij moest het opruimen. Er zat niks anders op. Hij kon het niet laten de geur van het lijkje op te snuiven, de drang was te groot. Het wond hem op.

Wie was hier baas? Wie was hier nog hond?

De rechercheur van de PP (Préfecture de Police) had na twee onbeantwoorde brieven een agent naar het huisadres van Mulder gestuurd: monsieur diende zich terstond te melden. Hij kreeg niet eens behoorlijk de tijd een das te strikken en moest soebatten om zijn hond mee te mogen nemen; het leek wel een arrestatie. Echt vriendelijk was de ontvangst dan ook niet. Mulder moest weer veel uitleggen. Waarom maakte hij nog altijd gebruik van de naam Nicolas Martin? En wie was die man, want hij bestond; verschillende berichten hadden de rechercheur daarover bereikt, ook over de dubieuze contacten die Mulder in de buitenwijken onderhield. Bovendien werd hij met regelmaat in de buurt van het uitgebrande kraakpand gesignaleerd. Hij was er zelfs binnen geweest, de dag na de vondst van een onbekend, nog altijd niet geïdentificeerd lijk. De eigenaar wist natuurlijk van niets. En monsieur Mulder? Toch vreemd dat hij die man niet kende, terwijl ze samen dezelfde begrafenis bijwoonden. Wist hij dat de eigenaar verdacht werd van handel in valse papieren? Mulder schrok zichtbaar, de rechercheur keek hem triomfantelijk aan: ja, de politie zat niet stil. Het waren tijden om extra oplettend te zijn. De illegalen roerden zich, ze zaaiden onrust in de stad, grote onrust. Er waren mensen opgepakt, gezinnen met schoolgaande kinderen teruggestuurd. Tegelijk deden ook geruchten de ronde over een generaal pardon en nu kropen ze bij tienduizenden uit hun holen om zich bij de vreemdelingenpolitie te melden. En meneer had vast wel gelezen over die drie families die in hongerstaking waren gegaan. Afghanen, van wie één man er drie echtgenotes op na hield. Ze bivakkeerden nota bene in een kerk. Linkse kranten en intellectuelen konden het dan opnemen voor al die zielepieten, maar er zat een hoop tuig tussen, oorlogsmisdadigers, terroristen, verkrachters, moordenaars, mensensmokkelaars! Ja, de rechercheur zag de stad zoals hij werkelijk was: er klopte een gezwel in de samenleving en dat kon niet met pappen en nathouden worden genezen. En wie werd er van laksheid beschuldigd als de vlam in de pan sloeg? De politie!

Mulder knikte bezorgd met hem mee. Een medeleven dat onmiddellijk met nog meer vragen werd afgestraft: wat zocht hij, een Europeaan, tussen al die randfiguren? En waar leefde hij ook alweer van? Een erfenis? Toe maar, toe maar. De rechercheur keek geringschattend naar Mulders in de haast aangeschoten maatpak. Dit gesprek was een waarschuwing, begreep hij dat?

Tot slot mocht hij nog naar een paar foto's kijken. Een serie wazige zwart-witportretten, allemaal mannen, nauwelijks een blanke, door verborgen camera's bespied bij verdachte panden of betrapt bij het pinnen met gestolen bankpassen. 'Wat heb ik met dat soort mensen uit te staan?' riep Mulder verontwaardigd. Waar zag de politie hem voor aan? Maar herkende hij die hond op die ene foto dan niet? Naast die grote zwarte man in oversized sportkleren, met baseballcap om zijn geblondeerde haar te maskeren... Was dat niet zíjn hond?

Ziedend was Mulder toen hij het politiebureau verliet, maar hij had zich weten te beheersen. Hij stak het plein over en liep straal voorbij aan de vriendelijke dames die gewoontegetrouw bij de krantenkiosk recipieerden – de zusters die naast het uitgebrande huis woonden. 'Monsieur Martin, monsieur Martin!' riep de oudste. Ze stak beide handen op, om te laten zien dat het verband eraf was. Mulder hield zich doof voor de naam Martin en kon de beleefdheid niet opbrengen haar te feliciteren.

Zijn hond had moeite hem bij te benen, hij liep al een paar dagen zonder doppen en de kussentjes onder zijn poten waren nog teer. Mulder trok ongeduldig aan zijn riem. Op de boulevard passeerde hij een geparkeerde gele bestelauto waarin een echtpaar kommen soep aan zwervers uitdeelde. *Echte Fransen eten varkensvlees* stond op een schuin over het busje gespannen banier. En: *Niet koosjer, niet halal! Solidariteitssoep voor Eigen Volk.* De hond toonde interesse, kreeg zelfs een stukje vlees toegeworpen. Maar Mulder gaf hem geen kans eraan te ruiken. Hij wilde het echtpaar toebijten dat zijn hond besneden was en met zijn kop richting Mekka jankte, maar toen hij twee vadsige skinheads achter de bestelauto zag opduiken, zette hij de pas erin.

Voor het grote theater, naast de brug over de rivier, raakte hij verstrikt in een demonstratie voor *sans papiers*. Al dagenlang deelden mensen daar pamfletten uit, maar dit keer trommelde er een woest gezelschap midden op straat. Ze riepen op tot ongehoorzaamheid en verzet, hielden borden met uitvergrote kinderfoto's op. **Gedeporteerd!** stond er in vette letters boven. Een automobilist was uitgestapt en had een bord uit de handen van een demonstrant gerukt. Auto's toeterden. Omstanders bemoeiden zich ermee. De hond blafte ertegen in. De automobilist sloeg het bord aan splinters en ging met twee demonstranten op de vuist. De knuppelpolitie, die de zaak op afstand in de gaten hield, stoof uit hun busjes. Een gek gooide een gietijzeren rooster tegen een telefooncel. Een glazen wand zeeg onder dof geraas ineen – een prachtig geluid. Het werd even stil – tot de politie de demonstranten uiteenjoeg en Mulder en hond nog harder moesten rennen. Ze vluchtten een buurtpark in en hijgden uit op de rand van een zandbak. Sirenes loeiden. Mulders hart raasde in zijn keel, hij ging liggen, de hond wrong zich tussen zijn benen. Ze hielden elkaar met poot en hand vast. Ogen vol goedheid keken naar hem op. En alle woede verdween. 'Ik heb haast,' zei Mulder. De stad ebde weg en ze vielen beiden in slaap.

'Ah de hond, de goede hond!' Stralend witte tanden lachten Mulder toe. Een groene bezem wuifde boven zijn gezicht. 'Bonjour, monsieur Martin.'

Het was een straatveger, een van de koninklijke Senegalezen die Mulder na de brand in zijn buurt had leren kennen. 'Die naam is een misverstand,' zei Mulder gaperig. Maar de man was te opgewonden om naar hem te luisteren. 'Naam? Ik heet Bubakar,' zei hij vingerknippend van ongeduld. 'Goed dat ik u zie, goed u te zien.' Bubakar had een verhaal te vertellen. Een verhaal waar hij al dagen mee rondliep. Mulder slaakte een zucht, liet deze stad hem nooit met rust? Maar zijn hond rekte zich verlekkerd uit en zijn oren trilden. Hij hoorde Afrika.

'Welkom in mijn park,' zei Bubakar. 'We staan in de krant, mijn park en ik, de straatvegerman. Hebt u het gezien?'

Mulder feliciteerde hem en ging rechtop zitten.

Bubakar maakte een weids gebaar. 'Wist u dat er zoveel kleuren groen bestonden? Elke dag verbaas ik mij weer. En dat geruis van de bladeren. Om met zo'n geluid in je oren geboren te worden. Zo anders dan het huilende zand achter mijn dorp. En die beweging in de sappige takken, samen één kant op en nergens heen. Waaien in weelde… Als ik rijk was, lag ik hier net als u op mijn rug naar de bomen te kijken.' Hij rukte een blad af, wreef het fijn tussen zijn handpalmen en liet Mulder ruiken. Een gronderig groen kwam los. Ook de hond wou een snuif.

Bubakars bezem prikte naar de eiken, beuken en acacia's. De gele strepen op zijn groene hes reflecteerden de zon. Zijn broek gaf licht, zijn tanden, zijn ogen. De hele man schitterde van opwinding. Hij danste op zijn eigen woorden, somde Latijnse namen op – dingen die hij van de tuinman had geleerd. Ja, tuinman zou hij willen worden. Misschien zou het hem lukken. Zijn bazen waren trots op hem, zeker met die foto in de krant.

Mulder feliciteerde hem voor een tweede keer.

Ja, hij, Bubakar, had iets heel bijzonders in het park gevonden.

'Heeft meneer ooit een lijk gezien?'

'Ja.'

'Van een kind? Een meisje van zeven?'

'Nee.'

Hij wel. Hij, een straatveger. Hier in het park. Bij zijn laatste klus, de lindebloesem van de paden vegen en het groene afval onder een struik begraven. Hij stuitte op een schoentje, een been.

Mulder stond op, nam de hond bij de riem, schudde Bubakar hartelijk de hand en liep weg.

'Wil meneer de plek niet zien?'

Nicolas Martin bleef post ontvangen. Ditmaal zocht Madame Srimathie Ramdunu contact met hem. Mulder keek lang naar haar naam op de achterkant van de envelop – een adres stond er niet bij, alleen haar naam, in zwierige lussen. Een naam die zong. Hij rook aan de brief, in de hoop een vleug uit haar leven op te snuiven, een kringel wierook misschien. Maar het papier rook zo muf als de laatste metro. Hij zag haar zitten in een vrijwel lege coupé, afgebeuld, vechtend tegen de slaap, met een boek op schoot, haar ogen op een willekeurige bladzijde om niet door andere ogen te worden lastiggevallen. Daar dienden boeken voor, als schuilplaats voor ongewenste blikken. Hij stapte met haar mee de nachtbus in en zag uit het raam de rode hoorns van de Buffalo Grill opdoemen en de gouden-frieten-M van MacDo. Op het verlaten betonpad naar haar flatgebouw keek ze op naar de sterrenhemel boven 9-3. Haar hakken kletterden te luid, een sigaret gloeide op in de berm. De laatste zevenhonderd meter liep ze bijna op haar tenen, dicht bij de lantaarnpalen, voorbij een lege portemonnee, een vrouwenschoen. Mulder beschermde haar in gedachten. Hij joeg twee junks uit het trappenhuis; eenmaal veilig binnen zette hij thee voor haar, terwijl zij haar schoenen uitdeed en haar pijnlijke voeten masseerde.

De brief gloeide in Mulders hand. Jasmijn rook hij nu. En ook andere geuren kwamen vrij – curry, piment, poes.

Liever had Mulder het zo gelaten: een brief waarnaar hij kon raden, elke dag anders van geur en toon en inhoud. Een ideale correspondentie die niemand verwondde. Maar na een uur hield hij het niet meer. Had madame Ramdunu zijn geld ontvangen? Was het welbesteed? En hoe kwam ze aan zijn adres en de naam Martin?

Hij scheurde de envelop open, bij het uitvouwen van de brief fladderde er een dun velletje over tafel. Een met bladgoud versierde spreuk op rijstpapier, gezegend door haar priester: 'Voor de weldoener Nicolas Martin', want dat was toch de man achter deze 'goede gave'? schreef ze. De jongen die haar de envelop overhandigde had over een grijze meneer met een grote hond gesproken. Ze kende maar één grote hond. En het was niet moeilijk geweest de naam van zijn baas te achterhalen. Ze prees monsieur Martin om zijn Goedheid. Met een hoofdletter. De jongen noemde ze 'een simpele ziel die hier wel vaker rondzwerft'. Hij had tot middernacht voor haar deur zitten wachten en zijn mobieltje aan een stel junks moeten afgeven. 'Zonder zich te verzetten, bang dat ze anders ook de envelop zouden stelen.'

Toen hij dat las verfrommelde hij de brief. De hond sprong op, klaar voor de prop, maar Mulder was te beschaamd voor spelletjes. Hij wreef de brief met gebalde vuist weer glad, heel lang, tot zijn vel ervan glom en de inkt vervaagde. Het woord 'Goedheid' sneuvelde in de kreukels. En ook de zin dat ze uit dankbaarheid – denkend aan u – de tempel had schoongeschrobd was niet meer goed leesbaar.

Wat leesbaar bleef, herlas hij keer op keer. Ze dacht nog veel aan haar man, schreef ze. Maar ze was blij dat zijn lichaam nu in Sri Lanka was gecremeerd, al kon ze niet zelf bij dat afscheid zijn. Zijn familie had zich over zijn lichaam ontfermd. 'Ik kan niet reizen,' schreef ze. 'Ik leef in de schaduw.' Ze miste het zorgen voor iemand, wilde liefde geven. Haar enige lichtpunt was het zondagsbezoek aan het ziekenhuis waar een buurmeisje uit het kraakpand werd verpleegd. 'Fanta is voor de helft verbrand. Ze vraagt dikwijls naar de hond.' Madame Ramdunu ondertekende met *Sri*.

Mulder schreef haar meteen terug, al was het maar om zijn schuld bij die jongen in te lossen. En hij moest madame Sri ook uit het hoofd praten dat Nicolas Martin een weldoener was. Nicolas Martin was een verzinsel. De man die haar het geld had gestuurd, heette... Nee, die zin streepte hij door. Nieuwe brief. Schoon vel papier. Een ander handschrift uitproberen. Mulder moest hier buiten blijven. Misschien kon hij Martin alsnog enige betekenis geven: Nicolas Martin als zijn betere ik. Nicolas Martin als secretaris van een geheimzinnige weldoener. Een zonderling over wie hij haar niets kon mededelen. Alleen dit: het was een man die wat deed.

Een goedkope leugen. Maar Mulder wist anders ook niet hoe hij aan de dankbaarheid van madame Sri kon ontsnappen. Geven kon hij nog leren, maar goedheid? Het woord alleen al. Schuldgevoel dreef hem, een volstrekt onberedeneerd schuldgevoel, maar met goedheid had zijn geven niks te maken.

Het was hem als secretaris een genoegen madame Sri nog

een paar honderd euro te mogen sturen. De weldoener stond erop de telefoon van de jongen te vergoeden en als er van het geld iets overschoot zag meneer dat graag besteed aan een aardigheid voor het verbrande meisje Fanta. Mulder gromde van genoegen achter zijn schrijftafel.

Madame had onder aan haar brief het adres van de tempel opgegeven – 'voor de veiligheid'. Mulder waagde het erop. Wel hield hij de envelop voor het raam toen Charlotte zes hele uren sloeg. Zegen onderweg kon nooit kwaad.

De kater had een duif gevangen, het water van de vierwindenfontein deinde nog na van de vangst, de veren plakten aan de rand. Maar een rustig maal werd hem niet gegund: trommelaars trokken over het plein, een megafoon scandeerde leuzen. Mulder zag de driepotige kater angstig wegstuiven. De hond had zijn rug graag in de bloederige restanten gewreven, maar ook hij schrok van het lawaai. Demonstranten deelden pamfletten uit, ze namen het op voor negentig uitgeprocedeerde *sans papiers* die al maanden in een detentiecentrum op hun uitzetting zaten te wachten en sinds kort uit protest geen voedsel meer tot zich namen. Borden met foto's en namen van de hongerstakers werden hooggehouden: Afghanen, Kaapverdianen, Congolezen, Indiërs, Georgiërs, Roemenen – vluchtelingen en gelukzoekers die Europa waren binnengeglipt. Mulder had over hen gelezen, ze verweten de rechters dat hun dossiers niet naar behoren waren onderzocht en eisten heropening van hun zaak. Een klein bericht destijds. Maar met hun honger groeide ook de aandacht in de kranten. De negentig waren voorpaginanieuws geworden.

Ook de demonstranten konden op aandacht rekenen. Radio en televisie waren uitgerukt om hun protest vast te leggen. Een nieuwe hongerstaking werd afgekondigd: uit solidariteit met de opgesloten illegalen. Een groepje weldoorvoede jongelui wilde 'een stem en gezicht aan mensen in de schaduw geven'. Zo zeiden ze het voor camera's en microfoon. Boven aan de trappen van de kerk. Twee mooie dames deelden hippe kogelflesjes mineraalwater uit. Water sprankelend van leven. Voedsel voor hongerstakers. De jongelui namen de flesjes verbouwereerd in ontvangst. Een van hen las een manifest. Vol vuur: dit was het begin van de strijd, na deze dag zouden er nog vele steden volgen. Maar het voorlezen moest over. De commerciële televisie was niet tevreden: of ze hun mineraalwater wat enthousiaster in de lucht konden houden. Met het merk in beeld.

Père Bruno had de grote deur van zijn kerk voor de actie geopend – de eredeur. De eenbenige bedelares werd van haar vaste plek tussen de pilaren verdrongen, ze hinkte nog even naar voren, in de hoop wat munten aan het toegestroomde volk te verdienen, maar haar opgeheven prothese ging ten onder in een woud van protestborden. Mulder en hond zagen het op afstand aan. Ze dronken wat op het terras van het café. De obers hielden demonstratief het schoolbord met het menu van de dag omhoog.

Het lawaai van de trommels had ook ander volk naar het plein getrokken: krakers, autonomen, antiglobalisten. Ze deelden geen pamfletten uit, hielden geen borden op. Zij merkten auto's van de televisiezenders met hun *tags* en symbolen. Vielen journalisten lastig. Zij wilden juist niet in beeld. Een opgeheven vuist was hun boodschap. De cameralieden brachten hun dure apparatuur in veiligheid en verlieten gehaast het plein. Een paar jongens toonden hun boosheid door rechtse kranten uit het rek bij de kiosk te trekken en in de fik te steken – een brandje dat geen nieuws zou halen. De hond blafte naar de vlammen en de Marokkaanse verkoper jammerde achter zijn toonbank. Om de hoek van het plein werd de ruit van een heiligenbeeldenwinkeltje beklad. De hongerstakers en de van schrik stilgevallen trommelaars zagen het met lede ogen aan. Daar ging hun actie. Een ander lawaai trok de aandacht: het metalen getik van kogeltjes in spuitbussen. Twee kaalgeschoren meisjes hurkten voor de granieten rand van de fontein en schreven alsnog een druipend manifest: ON N'EST PAS CONTENT.

Het blauw van de politie diende zich aan. Hongerstakers en aanhang vluchtten de kerk in. Mulder verliet het plein. De klokken luidden. Hij probeerde hun tonen te herkennen. Valérie, Pauline, Thérèse, Henriette en dikke Charlotte. Ze spoorden tot goedheid aan.

De volgende morgen hoorde hij op de radio dat het in de stad een roerige nacht was geweest. Er waren politieauto's in de fik gestoken en tientallen oproerkraaiers gearresteerd, ook jongelui uit de buitenwijken. Ze moesten dezelfde dag nog voor de rechter verschijnen en wie geen papieren had zou het land uit worden gezet. Ferme taal. Alles onder controle. Maar niet op het plein. De hongerstakers hadden de kerk bezet. Mulders uitzicht was voortdurend in het nieuws! Tijdens de ochtendwandeling zag hij dat de politie een waterkanon voor de trappen van de kerk had geposteerd. Er was een boom omgehakt om het gevaarte toe te kunnen laten. Iemand had een briefje op de stronk geprikt. 'Waar is mijn boom? Waar moet ik nu pissen?'

Mulder zat op een bank tegenover het restaurant met de dansende kreeften. Een ober keek verveeld uit het raam, de jongste bediende viste een onwillige kreeft uit het aquarium. De bioscopen gingen uit, slenteraars bezetten terrassen, crêpebakkers lepelden beslag op hete platen. Het ritme van de boulevard kende geen geheimen meer voor hem. Hij had de hond toegesproken dat de omgeving van het uitgebrande kraakpand voorlopig verboden terrein was en zijn rituele avondwandeling hernomen. Het was beter de politie niet te tarten. Dus aaide hij voor het slapen weer de kogelgaten in de gevel van de Bouwschool en repeteerde hij de jaartallen op de sokkel van de Maarschalk; alles klopte nog, alleen miste hij zijn vertrouwde Chinees, de man die kartonnen cocons bouwde voor één nacht. Hij maakte zich ongerust. Maar wie hij op de boulevard ook vroeg, niemand had enig idee waar hij uithing. Zijn zwijgzame vriend bleek een geliefd man te zijn. Obers zeiden het een eer te vinden Le Chinois op straat een maaltijd aan te mogen reiken. Een winkelierster wist hem te vertellen dat hij geen Chinees maar een halve Vietnamees was, zoon van een Franse lerares uit Dién Bién Phu. Het verhaal ging dat hij had gestudeerd, maar als student vereenzaamd raakte. 'Als je nooit je post openmaakt, besta je op den duur niet meer. Hij zou opnieuw geboren moeten worden.' De vrouw had Mulder nog naar een geknakte kartonnen wigwam onder de spoorbrug verwezen, daar zou hij het laatst zijn gezien.

Mulder besloot hem op te wachten, misschien kwam hij, naarmate de avonden zwoeler werden en de terrassen voller, later naar de boulevard. Vlak voor middernacht meende hij het gepiep van een winkelkarretje te horen – het waren de wieltjes van een rollator. Een stokoude dame kwam voorbij, gammel en toch elegant, met blozende poederwangen onder een witte zomerhoed. Mulder keek haar brutaal aan, en ze liet het zich welgevallen. Ze bleef glimlachend staan, zocht iets in haar tas, schuifelde naar zijn bank en overhandigde hem een muntstuk. Hij nam het aan, stomverbaasd – begreep de bedoeling niet. Maar de vrouw had geen oog voor zijn verbazing, ze aaide de hond, gaf een zwiep aan haar rollator. Pas toen zag Mulder het: zijn hond deed een kunstje en hield beide poten op. De bedelaar. Een ouwe rol, geleerd in de tijd dat hij uren naast niksende mannen op een bank in de stad zat. Hij kwispelde dankbaar. Mulder wilde het geld teruggeven, maar de vrouw liep alweer vrolijk verder. Hij riep haar na. Ze versnelde haar pas. Hij haalde haar in, hield haar staande. Voor hij een woord kon zeggen, trok ze dreigend een wandelstok uit de klem van haar rollator en schoot een hotel binnen, doof voor enig excuus.

Mulder sloeg de eerste de beste zijstraat in. Op de boulevard durfde hij zich voorlopig niet meer te vertonen. De hond begreep zijn schaamte niet, die sprong blij op naar de hand die de munt verborg. Alsof hij z'n geld opeiste.

Ze hoorden opnieuw piepende wieltjes naderbij komen. Mulder voelde de wandelstok al op zijn kop belanden. Maar het was de Chinees, die met een stralende glimlach aan kwam karren, zwaarder beladen met karton dan ooit. Beide voeten in nieuwe zakken van *monsieur Ed* – zijn schoeisel voor één dag. Ook zijn rechterhand zat in een plastic zak. Ze waren blij elkaar te zien. De hond maakte een vreugdedans.

Ze zochten een bank uit, ver van het gewoel. De Chinees verontschuldigde zich voor zijn afwezigheid, hij had dagen bij de nieuwe bibliotheek geslapen, onder de brug. Zijn hand deed te veel pijn om karton te vouwen. Maar het ging hem weer beter. Hij trok de zak van zijn hand en hield vier vingers op. Een muffe walm sloeg Mulder in het gezicht. 'Wat is er gebeurd?'

'Geamputeerd!' zei de Chinees triomfantelijk. De ontsteking aan zijn middelvinger was steeds erger geworden, op het laatst verlamde de wond zijn hele arm. Hij had de twee bovenste kootjes met garen afgebonden. Toen ze zwart werden, vielen ze er vanzelf af.

'Opereren is niet moeilijk.' De Chinees prees het mooie worstje dat hem restte. Maar hij was nog wel wat koortsig.

'U kunt zo niet buiten slapen,' zei Mulder. 'Ik kan u naar de Médecins du Monde brengen.'

De Chinees wuifde alle goede raad weg – met vier vingers en een stompje.

'Luister, u hebt recht op papieren. U hebt de Franse nationaliteit, dat weet ik, u kunt een paspoort krijgen, verzekering, verzorging.'

'Nee, ik wil niemand zijn, ik heb niemand nodig.'

Mulder hief zijn armen wanhopig ten hemel. 'Maar u weet wat er tegenwoordig met mensen zonder papieren gebeurt.'

Papier? Hij wees naar zijn kar. 'Ik woon in papier.'

Mulder gaf het op. Hij deugde niet voor sociaal werk.

Ze zwegen samen nog een tijdje. Luisterden naar sirenes ver weg, met de hond als begripvolle brug tussen zich in. Nu ze zo dicht bij elkaar zaten viel het Mulder op hoe weinig de Chinees stonk, zeker nadat hij zijn geamputeerde vinger lucht had gegeven. Vuil hechtte niet meer aan hem, het glimmend pantser van zijn huid en kleren stootte het af. Vrij van stank. Vrij van geld. Was er dan niets dat hij wenste?

'Ja, een vrouw,' zei de Chinees lachend. 'Een mooie vrouw.'

Toen ze uiteengingen gaf Mulder hem een hand en hij voelde de halve middelvinger in zijn palm kietelen. Een overwinning. 'Laat mij een vrouw voor u zoeken,' zei hij. 'Ik zal uw secretaris zijn.'

'Secretaris', dat vond zijn vriend een mooi woord.

Mulder alias Nicolas Martin begon plezier in zijn verzonnen weldoener te krijgen. Er ontwikkelde zich een levendige correspondentie tussen hem en madame Sri. Hij vroeg haar niet eens naar de naam van zijn hond, misschien wou hij het antwoord ook niet meer weten. Dan zou de hond minder van hem zijn. Ze wisselden brieven uit over loslaten, armoe en poetsen. Vooral poetsen. Over het plezier dingen hun glans terug te geven. Over hoe hij als kind een geteerde houten schutting uren met water kon verven, alleen om de geur en de tijdelijke glans. Hij hield van boenwas, schreef hij. Zij van *eau de Javel*, bleekwater. En schrobben deed ze graag. Het liefst de tempel: op haar knieën het hoogste dienen. Voor Mulder was poetsen ook een eredienst, maar dan voor zichzelf. Zoals hij zijn hond voor zijn eigen genoegen kamde en waste. Schoonheid gaf overzicht, veiligheid.

Hij snoof aan haar brieven. Ze maakten een afspraak. Het kostte Mulder wel twee uur de juiste kleren voor haar aan te trekken. En hij deed zijn dure horloge af, maar deed ook het goedkope niet om. Ze dronken thee in het park. Hij vond haar nog mooier dan na die eerste ontmoeting in de tempel. In alles verfijnd. Zelfs de manier waarop ze het papier van haar suikerklontjes scheurde, vond hij sierlijk. Vier klontjes nam ze. Ze zwegen veel de eerste keer, daar hield zij van. Maar ook voor Mulder was het een prettig zwijgen. Veel woordeloze dingen zeiden ze. Al fluisterde ze soms wat in haar eigen taal met zijn hond.

Mulder kon er alleen moeilijk aan wennen dat ze hem monsieur Martin noemde, of heel voorzichtig Nicolas. Hij stond erop dat ze hem tutoyeerde, maar zijn ware naam durfde hij haar niet te vertellen. Ze had nu eenmaal kennisgemaakt met zijn betere ik. Hij vloekte niet in haar bijzijn. Spotte niet. En hij was geen snob. Ja, Mulder kon het zowaar een beetje met zichzelf vinden wanneer hij als Nicolas Martin tegenover haar zat.

Sri wilde meer over haar weldoener weten. Maar uit de ontwijkende antwoorden begreep ze dat haar nieuwsgierigheid ongepast was. 'De weldoener heeft alleen maar geld en schuldgevoel,' zei Mulder. Géén geld hebben en daar een kunst van maken, dáár had hij bewondering voor. Hij roemde de Chinees, die zonder kon leven. Dat was nog eens een loslater! Een architect die karton boven baksteen verkoos. 'Een ontwerper van huizen voor één nacht, zijn bouwsels zijn als duinen, beweeglijk van vorm. Als je even niet kijkt, blaast de wind er een ander dak op, boetseert de regen een nieuwe muur. Eerlijke huizen zijn het, veilig, zonder ongemak en hoogtevrees. Vlekkeloos. Eenvoudig. Voor mensen die licht willen gaan.'

'Zou je zo kunnen wonen?' vroeg Sri.

Martin antwoordde niet. Mulder snoerde hem de mond door diepzinnig te zwijgen.

De hongerstakers in de kerk waren een bezienswaardigheid geworden. Vooral tijdens het lunchuur stonden de mensen in de rij om een kijkje te nemen bij het stelletje dwazen dat elke dag wel ergens op een journaal voorbijflitste. Het viel tegen: je kon de honger nog niet zien, zelfs na tien dagen niet, al schoren de mannen zich niet meer en gaf dat een tragische schaduw op hun wangen. Jonge vrouwen lagen bleek in slaapzakken, maar ze hadden nog energie genoeg om het lijden van de negentig onzichtbare illegalen in een verre gevangenis uit te dragen. Er werd voor ze gebeden en gezongen. Wereldse chansons, meezingers. Het bleken studenten te zijn, opgejut door een bevlogen docent. Familieleden waren uit alle hoeken afgereisd en sleepten bezorgd

met schone kleren en flessen bronwater. Een moeder perste sinaasappels uit – een paar fanatiekelingen protesteerden, maar na hoofdelijke stemming mocht ieder een bekertje. Het rookglazen biechthok was met kranten beplakt tot verkleedruimte. Een vader probeerde zijn kind over te halen met de actie te stoppen.

Mulder had een tijdje naar het tafereel zitten kijken, alleen, zonder hond. De blijheid van het protest ergerde hem; deze honger was een luxe, met de vetpot van thuis voor ogen. Zijn lippen krulden van spot, hij kon het niet laten, vooral toen hij zag dat de hongerstakers zich onder een aantal heiligenlevens hadden geposteerd. Een door vasten en boete getekende Maria Magdalena keek hologig op hen neer en de kluizenaar Hiëronymus, te mager om nog smakelijk voor een leeuw te zijn, stak een vinger naar hen op.

Toch deed hij zijn best hun bezorgdheid te delen. Ze bedoelden het goed. En ze deden tenminste iets. Zij wel. Hij voelde alleen maar afstand. Hij kneep zijn ogen dicht, verlangend naar hun honger, hun verontwaardiging. Maar het lukte hem niet, al wat loskwam was haat. Misschien kwam het door die blije glimlach op de lippen. Kenden die lui dan geen woede?

Een studente las de negentig namen van de gevangengenomen illegalen: Abdallah, Aminitha, Kajathan, Housni, Nenita... Namen als een gebed. Heel keurig. Tot er zware schoenen klonken en stampende stokken op het marmer. Een bont gezelschap stormde naar binnen, jongens en meisjes in zwarte kleding, camouflagebroeken, Schotse rokken, met vervilte haren, dreadlocks en spelden door lippen en wangen. Scharminkelhonden renden los voor hen uit. Een kinderwagen vol dekens en troep rolde over het middenpad. De kerkbezetters kregen ongevraagd versterking van krakers, autonomen, relschoppers uit de buitenwijken. Ze vouwden vliegtuigjes van vrome folders, gingen languit op
de stoeltjes liggen, staken kaarsen aan. De hongerstakers overlegden koortsig met hun docent. Na een hapering nam de studente die de namen las haar lijst weer ter hand. Osman, Matías, Gao Ming, Fjodor, Prudence... Maar het papier beefde in haar handen. Ze werd uitgelachen. Een bejaarde heer riep om orde. De docent gaf in blinde drift een trap tegen de kinderwagen.

Het getreiter hield aan en de bezoekers maakten zich uit

de voeten. Er rolden kaarsen over het marmer in het priesterkoor. Een kohloogmeisje hield het altaarkleed hoog en vroeg om een spuitbus om het witte doek als vlag in te wijden. Op dat moment liep père Bruno naar voren. Waardig in soutane. Hij rukte het kleed zonder een woord te zeggen uit haar handen en vouwde het eerbiedig op – pijnlijk precies. Het meisje droop af. Doodstil werd het. Een stilte die alle protest overtrof. Intimiderender dan de brutaliteit van stampende schoenen en stokken. Bekneld tussen clerus en actie had de pater zich al dagen op de achtergrond gehouden, maar nu Gods huis dreigde te worden besmeurd, eiste hij zijn kerk weer op. Hij kuste het opgevouwen kleed en gaf het aan het zwarte kaarsenmannetje, dat uit het niets was opgedoken.

Mulder zat rechtop, vol bewondering voor de pater – hij had het liefst voor hem geapplaudisseerd. Maar de stilte werd door iets anders verbroken. Een doffe klodder spatte op een pilaar uiteen. Een verfbom. Hongerstakers sprongen uit hun slaapzakken. Verontwaardigde kreten. Geblaf. De politie stormde binnen, minstens honderd kerels in kogelvrije vesten, met knuppels, wapens, aangelijnde honden. Ze sloegen erop los, grepen rasta's bij de haren, spoten met pepperspray. Handboeien klikten om polsen en de een na de ander werd afgevoerd. Mulder verschool zich bij de ouders in een zijbeuk, met kloppende slapen van opwinding, zijn ogen op de besmeurde pilaar gericht. Hij zoog de vlek op. De beste vlek ooit, al zijn woede droop daar.

De politie had de kerk omsingeld. Hongerstakers en relschoppers werden in bussen afgevoerd. Het was een chaos op het bordes. Bezoekers mochten de kerk niet verlaten zonder hun identiteitskaart te tonen. De rechercheur van het buurtbureau liep met verhitte oren te bellen. Toen hij Mulder zag, kwam hij briesend op hem af: 'U weer! Hebt u niks beters te doen dan u met onze ellende te bemoeien?' Nee, dat paspoort geloofde hij wel. Hij moest mee naar een busje. Konden ze straks nog 'even gezellig napraten'. Twee agenten ontfermden zich over hem. Ze paften het busje blauw. Nog meer sirenes loeiden. Mulder kon niets door het matglas zien en moest de bewegingen buiten raden. Het waterkanon ronkte. Schaduwen renden voorbij, trommels roffelden. Iemand sprak de menigte toe. Mulder kon niets verstaan, iedereen joelde erdoorheen. Er ging een gejuich op.

Een politieman keek op zijn horloge. 'Dat zullen de broodjes zijn.'

De hongerstaking werd afgeblazen. Einde bezetting.

De deur van de bus ging open en père Bruno stapte binnen, ondersteund door een agente, zijn rechterhand in een doek gewikkeld. Hij ging naast Mulder zitten en groette hem alsof het de gewoonste zaak van de wereld was dat ze elkaar in een politiebus aantroffen. Bloed druppelde op wit formica. Hij was door een hond gebeten.

De politiemannen rommelden in een verbandtrommel en stalden jodium, gaas en leukoplast uit. Was het zo'n vuile straathond geweest?

'Nee, nee, een politiehond.'

Dan hoefde hij geen injectie.

'U moet onze honden ook niet tegenspreken,' zei een van de politiemannen onder het jodium druppelen.

Père Bruno grijnsde van de pijn. 'En wat deed u daar?' vroeg hij aan Mulder.

'Ik kwam mijn solidariteit tonen.'

De pater keek hem spottend aan. Een spot waar Mulder nog van kon leren.

'Soms is de pijn te groot voor onze hersenen,' zei de dokter. 'De zenuwen kennen dan de weg niet meer. De kaart is verschroeid. Maar als oude functies weer langzaam terugkeren is zelfs de druk van een zijden laken niet te harden. In zekere zin is pijn een teken van herstel.'

Mulder en Sri liepen in de gang van het kinderziekenhuis achter de dokter aan. Ze hadden zojuist toestemming gevraagd de verbrande Fanta te bezoeken, samen met de hond. Als afleiding. Sri kende de dokter, ze was er een paar keer bij geweest wanneer Fanta's wonden werden verzorgd – speciaal op zijn verzoek – om het meisje moed in te spreken of om het samen uit te schreeuwen, omdat ze niet te verdoven pijnen leed. Bij de eerste behandelingen kreeg Fanta een videohelm opgezet waarmee ze hallucinerende beelden zag die haar brein minder gevoelig maakten voor het gemene pincet van de dokter. Maar de helm was kapotgegaan en er was geen andere voorhanden. Fanta stond op een wachtlijst.

Sri kwam haar verhalen vertellen, las sprookjes voor, hield plaatjes uit tijdschriften op. Alleen, het leek of de pijn steeds erger werd, Fanta kon nauwelijks nog luisteren. Er moest iets sterkers komen. De hond. Fanta vroeg vaak naar hem. Sri wist dat ze naar haar oude speelkameraad verlangde. Zou ze hem niet één keer mogen zien?

De dokter was bang voor besmetting. Mulder bood aan de hond eigenhandig met chirurgenzeep te wassen (Martin fluisterde hem dat in). En een operatiehemd, was dat een idee? En zijn staart in een zak. Een muilkorf moest in ieder geval. Ze bespraken voor en tegen. De dokter belde of er een steriel kamertje aan de tuinkant vrij was.

Uiteindelijk mocht het. Heel even. En niet te dichtbij. Buiten de zusters om.

De hond liet zich zonder verzet wassen, muilkorven en kleden. Plechtig keek ie erbij. En hij slikte zijn niezen dapper in, alsof hij begreep dat er iets bijzonders van hem werd verwacht.

Fanta was na de brand bijna wit geworden. Een groot deel van haar lichaam zat nog in het verband en waar de blaren heelden leek haar pigment verstoord. Haar rechteroor was een doorzichtige schelp en haar mond een van pijn vertrokken roze grijns. Mulder kon er niet naar kijken en ook zijn betere ik bracht het nauwelijks op. Maar de hond piepte van vreugde. Hij liet zich minutenlang aanstaren. Aaien deed Fanta met haar ogen, ze glommen van blijdschap.

Sri ging achter haar bed staan en om beurten spraken ze tegen de hond. De zachte stem van Sri. De verwrongen stem van Fanta. Ze haalden herinneringen op, aan zijn reis door Afrika, aan de zwemmer, de lifter, aan het naar school brengen en halen. Aan de dief. De vechter. 'Weet je nog de dag dat hij jankend voor onze deur zat?' De hond luisterde aandachtig.

De dokter wikkelde het oude verband af en bracht schoon, vet gaas aan. Fanta gilde het uit. Mulder verbeet zich in zijn mondlap. Zijn haar broeide onder de te kleine chirurgenmuts die Sri hem had opgezet. Hij had ook een blauw verplegersuniform moeten aantrekken en hoezen om zijn schoenen. De hond keek verwilderd om zich heen. Sri kalmeerde hem en sprak op hem in. 'Dans voor Fanta,' zei ze. En hij danste. Traag in zijn zachtgroene operatiehemd. De mond van het meisje viel open – een stille schreeuw. De dokter vergat even te verbinden. De hondennagels tikten op het zeil. De ingepakte staart zwaaide als een vendel door de kamer.

Lappen gaas werden afgelegd. Opgebracht. Stukken huid meegetrokken. Er was een brandend plafond op Fanta gevallen en er kwamen nog altijd microscopisch kleine resten hout, kalk en stro vrij. Ze huilde zachtjes. Maar Sri joeg haar tranen met woorden weg. Zij, die zo graag zweeg, zij die in stilte haar god zocht, bleek een meesterlijk verteller te zijn, een geestenbezweerder. Ze liet de hond reizen maken, zwemmen, vliegen, wonderen verrichten. Een harige engel op vier poten was hij. En weer danste hij. Fanta lachte. Haar eerste lach sinds de brand.

'U bent beter dan een videohelm,' zei de dokter tegen Sri toen hij het karwei had geklaard. En monsieur kon trots op z'n hond zijn.

De hond kwijlde uit zijn toegesnoerde bek. Het was maar goed dat niemand de bittere trek om Mulders lippen kon zien. Weerzin voelde hij, niks trots. Weerzin tegen een misvormde lach, een vleermuisoor, tegen een monster in verband. Fanta's lijden stootte hem af. Ze stonk bovendien.

Maar hij bewonderde Sri. Hij bewonderde zijn hond. Hun goedheid was hem vreemd. Hij was beiden niet waard.

De zomer zette warm in en de horrelvoeten trokken sandalen aan. Rijk en arm kleedden zich luchtig. Al te luchtig. Het parfum van winkelende dames vermengde zich met het bittere zweet van arbeiders, en de pis – het parfum van zwervers – bleef langer dan gewoonlijk in stegen en hoeken hangen. De obers rolden hun hemdsmouwen op en lieten hun polskettingen tegen de glazen tikken, er kropen tatoeages uit meisjesbillen, piercingnavels en bierbuiken ademden vrij. Mulder verlangde naar sneeuw en winterjassen. Het liefst zou hij alle lelijkheid bedekken, ook de lelijkheid in zichzelf. Genoeg wonden, leed, onrecht en klachten. Hij schoot tekort in de omgang met mensen die hem daaraan herinnerden. En hij werd ook moe van de harige heilige met wie hij moest oplopen. Zijn hond had hem nu wel genoeg narigheid laten zien.

Mulder verlangde naar mooie dingen. Te lang al liep hij aan affiches van tentoonstellingen voorbij zonder ergens naar binnen te gaan, alleen omdat hij zich liet afschrikken door bordjes met een doorgestreepte hond naast de ingang. En nu brak het hem op. Hij miste de helende werking van schoonheid. Niet dat hij niet zonder kunst kon, of alle kunst bijzonder vond, gewoonlijk had hij genoeg aan de schoonheid op straat: aan een kind voor een raam met een poes op z'n schouders, aan een vruchtentaart als zomerhoed, aan statige bruggen en gevels, verstilde binnenpleinen, symmetrische tuinen en aan het stroompje water in de goot. Maar stad en mensen deden hem pijn, zijn hond had hem er anders naar leren kijken.

Als hij nog ergens troost kon vinden, was het in een museum. Misschien ervoer hij daar wat anderen in kerken zochten. En als het goed was, gebeurde er ook iets bijzonders met hem, werd hij door iets aangeraakt of opgetild en kwam hij anders naar buiten dan hij naar binnen was gegaan. Zoals die keer dat hij voor een marmeren stammetje van Brancusi stond en door een groot geluksgevoel werd overvallen. Misschien sprak de vorm hem aan – een keten balancerende jujubes – zo fijn en eenvoudig tussen de zalen vleselijk geweld van Brancusi's leermeester Rodin, maar er ging een geheimzinnige kracht van uit.

Mulder wilde zich opnieuw aan dat stammetje opladen en aan meer. Hij nam zich voor een hele dag schoonheid op te zuigen, als medicijn tegen de lelijkheid – ook de eigen lelijkheid. En de hond moest mee, het appartement werd te warm om hem uren alleen te laten. Of hij er nu oog voor had of niet, hij zou hem dat museum binnen krijgen, al zag hij een bot in een Brancusi. Trouwens, wat kon een hond voor kwaad tussen al dat brons en marmer?

Ze kozen een route die hen langs voorname kunsthandels en antiquairs zou voeren, een slenterweg langs mooie dingen. De hond gaapte voor etalages met vergulde stoelen en Chinese vazen, piste tegen de gevel waar een Caillebotte in de etalage hing en Mulder sloot er zijn ogen voor. Wat hem niet beviel, liep hij haastig voorbij. Maar hij stond lang stil bij een Dan-masker uit Ivoorkust. Glanzend zwart was het, in perfecte staat, met verbaasde ogen en lippen vol liefde. Ze spraken. Mulder luisterde met zijn voorhoofd tegen het raam, tot ook de hond zijn snuit tegen het glas drukte en de galeriehouder hen wegjoeg.

Een paar winkels verder werd Mulder bij de kraag gegrepen door een ivoren madonna uit de twaalfde eeuw, ze was niet groter dan een klosje garen. Hij had haar bijna over het hoofd gezien, tot hij die ruk voelde en terug móést. De maker trok, niet zijn hond. Mulder keek naar iets wat groter was dan hijzelf. Makers zijn altijd groter dan toeschouwers, maar heimelijk hoopte hij dat de schoonheid van het beeldje bij hem naar binnen zou slaan, dwars door het kogelvrije glas heen. Alsof hij door intens naar iets moois te kijken een beter mens kon worden. Al wist ie ook wel dat de moordenaars in de vernietigingskampen na gedane arbeid graag een schellakplaat van Mozart opzetten, terwijl ze het roet uit de verbrandingsovens van hun uniformen borstelden. Kunst maakte de grootste schoften week, eventjes, tot ze er bang van werden en hun weekheid weer met wreedheid verjoegen. Maar soms meende Mulder die heilzame invloed van kunst toch echt te voelen. Wanneer vorm, lijn of ritme en structuur samenvielen met zijn ideeën over het goede en waarachtige. Wanneer het zintuiglijke en spirituele één werden. Bij *Schmücke dich, o liebe Seele.* Bij het masker. En dat had niets met God te maken, maar met het beste van de geest dat bij schoonheid bovenkomt, hoe kortstondig ook. Die beste momenten waren tijdelijk – te tijdelijk. Maar de schoonheid was blijvend, ze wachtte op iedereen die haar wou zien. Zoals het stammetje van Brancusi, waar alle ballast van was weggehakt en alleen de zuivere vorm overbleef. O, hoe graag zou hij niet een bijl willen oppakken, of beter nog: een kleine, scherpe beitel die diep klieft, een beiteltje waarmee hij alles weg kon tikken wat hem dwarszat, het vuil, de nare trekken... tot er een aangenamer man naar buiten brak.

Vol verwachting liep Mulder het museum binnen, het stammetje van Brancusi voor ogen. Hij kocht een kaartje. Zijn hond bleef buiten het zicht van de caissière. Maar niet buiten het zicht van de kaartjesscheurende suppoost: verboden voor viervoeters. En hij kon de hond ook niet ergens in een kamertje achterlaten. 'We zijn geen crèche.' Geen uitzondering mogelijk. 'Tenzij meneer blind is.' De suppoost lachte. Mulder zocht naar de zonnebril in zijn binnenzak. Hij kon hem bezwaarlijk opzetten en zich alsnog als fopblinde met geleidehond aandienen. Te laat. Niet aan gedacht. Anders had hij de beelden misschien mogen betasten. Nu restten hem slechts een dodelijke blik en bittere tong. 'Denkt u echt dat mijn hond tegen Rodin gaat plassen.'

'Frankrijk laat zijn patrimonium niet bezoedelen.'

'Patrimonium. Laat me niet lachen, Frankrijk geeft meer om marmer dan om mensen.'

'Misschien ben ík blind en is uw hond een mens?' De suppoost hief een kin op die Rodin had kunnen hakken – zo vlezig en verbeten.

'Edeler dan een mens, meneer. Hij kan niet zonder kunst!' Mulder stelde zich aan, hij wist het.

De suppoost tikte met z'n vinger op zijn voorhoofd.

Mulder tikte op zijn voorhoofd. Heel hard. En het scheelde niet veel of er brak een andere man naar buiten en dat was geen aangename man, geen beter ik. Maar hij droop af, met gebalde vuisten. Zijn verlangen naar schoonheid was omgeslagen in woede. Het marmeren stammetje brandde als een knots in zijn hand. En het bloed spatte alle kanten op.

De bedelares leunde hijgend tegen de deur, het was duidelijk een hele klim voor haar geweest: vierhoog de trappen op met een kunstbeen. Mulder trof haar wijdbeens zittend op zijn loper aan. Ze had de prothese afgegespt en haar rok flink opgetrokken om haar blauwrode stomp de nodige lucht te geven. De hond dook erop af. 'Hoe bent u hier binnengekomen?' vroeg Mulder gegeneerd.

'Wij kennen alle deurcodes,' zei ze. 'Kwestie van lang genoeg aan de overkant zitten.' Ze giechelde, de hond kietelde onder haar rok. 'U wordt in de kerk verwacht. Zonder hond.'

Mulder sputterde tegen. Als père Bruno hem zo graag wou spreken, kon hij naar het café komen. Maar de bedelares hield aan, het was dringend: er stond een leven op het spel.

'Een leven?'

'Ja, en ik pas hier op de hond. Zo wil onze père Bruno het.' Ze kwijlde bij die naam en keek Mulder vals vroom aan.

Mulder geloofde er niets van; dat mens zwetste wel vaker als ze het over de pater had. Hij moest er trouwens niet aan denken haar alleen in zijn huis te laten – ze rook hem te veel naar alcohol. En als ie ging, zei hij, dan alleen op voorwaarde dat zij de hond in het park zou uitlaten.

Geen denken aan, mocht ze niet in, bedelaars werden daar weggestuurd – wist monsieur dat niet? Nee, ze had die klim niet voor niets gemaakt. 'Ik, met dat been!' Ze hief haar stomp op en liet de afdruk van de prothese op het restant van haar bovenbeen zien.

Wat Mulder ook voor uitvluchten zocht, ze weigerde weg te gaan. Ze draaide haar kont in de kokosmat. Thee wou ze. En naar de wc. Mulder haastte zich naar zijn werkkamer, verstopte zijn dure wijn, duwde zijn zilveren fotolijstjes in een la en gooide een kleed over zijn notenhouten tafel. En de vulpennen, de zilveren erfstukken... achter de boeken ermee. De bedelares slofte de gang op en kraste met kruk en prothese tegen de verf. Mulder rende naar de wc om de schade op te nemen. Het mens had zich gewassen en de hele boel ondergespat. Zijn handdoek vuil, de spiegel. Hij begon als een gek te boenen. Onderwijl hing zij in zijn luie stoel, met haar vette haren tegen de bekleding. Hij gaf een gil toen hij dat zag. Wou een handdoek achter haar schouders leggen. En er zat een vlek op het kleed. Ze had haar voet niet geveegd. Die ene voet.

De hond stak zijn snuit in haar prothese en snoof de geur van munten en zweet op. De hond vond het allemaal best.

'De pater is ongeduldig,' jende de bedelares.

Mulder liep boos het plein op. Tot zijn verbazing zag hij dat de mairie de door de politie gekapte boom had vervangen, een spriet beefde er nu, en ook de graffiti was van de fontein verwijderd. Zo snel kon het dus: opruimen en uitwissen. Het oproer zat achter slot en grendel en de studenten lieten zich weer verwennen door pappie en mammie. Een laatste bezembeurt en de bezetting had nooit plaatsgevonden. Zelfs de echte hongerstakers waren uit het nieuws gepoetst: daags na de ontruiming had de politie ze allemaal het land uit gezet, zonder dat iemand erover kikte. Het zou hem moeten aanspreken, dacht Mulder: de wereld aan kant en opgeruimd. Maar de ellende die hij tijdens zijn wandelingen was tegengekomen, had zich langzamerhand zo in zijn hoofd opgehoopt dat de voortvarendheid waarmee de buurt wilde vergeten hem ergerde. Zagen ze niet wat hij had gezien, wat zijn hond hem had leren zien? Het vuil, de vernedering en de haat. Hij zag het, hoorde het, ook al rende hij ervoor weg, ook al boende hij de hele dag – maar het viel niet meer weg te boenen. En tegelijk wist ie dat hij er niks aan kon doen. Ja, geld geven en de andere kant op kijken. Of je heil bij een god zoeken – dan deelde je tenminste iets met die verschoppelingen: de hoop op verbetering. Een vlucht, steun bij een gemeenschap. Maar zo diep zou hij niet zinken, ook al liet hij zich door een pater op het matje roepen. Z'n hart bonkte van opwinding, en hij was ook nog zijn pillen vergeten.

Hij trapte de klapdeuren van de kerk open en keek spottend naar het bordje STILTE. Niks stilte. Luid op het marmer stampen. Naar de leeuw van Hiëronymus grommen. Hij begon verdomme nog kind aan huis te worden in dat gruweltheater. De pater hoorde hem al van ver aankomen, hij schikte bloemen voor Maria. 'Fijn dat u gekomen bent, goede vriend.'

Mulder beet op zijn onderlip. Waren ze echt vrienden?

'Excuses voor mijn afgezant, maar ik wist geen andere manier om u snel te spreken te krijgen.' De pater legde zijn hand op Mulders schouder en leidde hem naar het biechthok. Mulders rug verzette zich, maar zijn voeten volgden gedwee. De pater nam zijn vaste plek in, Mulder moest tegenover hem zitten, in het kokertje licht van de schemerlamp. Ze staken een sigaret op, keken hoe de rook tegen het glanzende glas sloeg. Ja, alles was weer schoongemaakt, die studenten hadden er flink huisgehouden – de nonnen vonden ondergoed in zijn la! Op hun aandringen had hij zijn glazen kamer opnieuw ingezegend. Mulder keek onwennig om zich heen, maar hij hoefde niet te biechten, de pater wou zijn verhaal kwijt: monsieur Ngolo was kort na de inval door de politie als getuige verhoord, zoals iedereen die op het moment van het oproer in de kerk was, maar die arme man kon geen papieren overleggen en ze hadden hem mee naar het bureau genomen – in handboeien. En nu werd père Bruno ervan beschuldigd een illegaal in dienst te hebben. Na lang soebatten had hij zijn kaarsenman toch losgekregen. De Préfecture was hem na de beet van de politiehond wel wat verschuldigd. Maar voor hoe lang? Uitzetting dreigde, tenzij de rechter anders besloot.

Père Bruno pulkte aan zijn wond, hij had zich slordig geschoren, ja, en hij sliep slecht... De zaak zat 'm dwars, hij had van alles geprobeerd, invloedrijke mensen opgebeld, de bisschop zelfs. Hij lachte schamper. De bisschop zou voor hem bidden. En Amnesty International. Die zouden een rapport over de politieke situatie in Tsjaad sturen. Le Collectif des sans papiers had Ngolo op hun lijst gezet en bij de Médecins du monde kon hij in geval van nood een tent ophalen. Maar de tijd drong. Vandaar dat père Bruno de eenbenige bedelares op Mulder had afgestuurd. 'We moeten monsieur Ngolo helpen,' zei père Bruno.

'Maar de politie houdt mij ook in de gaten,' zei Mulder.

'Hij wacht boven op u.'

'Wie? De grote Rechercheur?'

D'r kon geen lachje af.

'Kan Ngolo niet naar beneden komen?'

'Nee, hij heeft zich opgesloten in de torenkamer, niemand weet dat hij daar zit en hij is aan het pakken.' De klok sloeg – de cis van Henriette. Halftwaalf in de ochtend. Eén slag.

'Maar dat wordt mijn dood.'

‘Het duurt een halfuur voor de klok twaalf keer slaat. Haast u.’ Ze stonden op en liepen naar Maria. Père Bruno overhandigde Mulder een brandende kaars.

Monsieur Ngolo sloeg het stof uit zijn koffer. Mulder krabde het kaarsvet van zijn hand. Ze stonden verlegen tegenover elkaar. De tafel lag bezaaid met kleren: lange onderbroeken, verwassen witte tropenhemden, truien, een wollen muts, een paar slippers – goede gaven van de broeders dominicanen. Wat moest er mee in de koffer? De zomer of de winter? En waar ging de reis heen? Ze keken zwijgend naar de landkaarten die monsieur Ngolo tegen de schimmelmuur van zijn torenkamer had geprikt. Drie continenten aan punaises, met de hand getekend, uitvergroot, verknipt, opnieuw gekneed. De Sahara was het middelpunt van Afrika. Europa bestond alleen uit Spanje, Portugal en Frankrijk. De Canarische Eilanden dreven verdwaald in de oceaan, groter dan het Europa aan de overkant. Heel Amerika heette Canada. Het duurde even voor Mulder de namen en nieuwe grenzen thuis kon brengen. Monsieur Ngolo wees hem op een grillige stippellijn. ‘Mijn reis,’ zei hij. En hij somde de landen op waar hij doorheen was getrokken: Chad, Niger, Libia, Algeria, Marocco, Mauritania, Canaries Island, España, France... Zijn kaart kwam niet lager dan Tsjaad, voor hem het begin van Afrika, zijn geboorteland.

Had hij daar père Bruno soms ontmoet?

Nee, die was van voor zijn tijd. Maar de pater was in Parijs een goed man voor hem geweest. Hij had gedaan wat hij kon, nu liep hij zelf gevaar. ‘Monseigneur de bisschop is boos op hem. Heel boos.’ Ngolo had het van de nonnen gehoord.

Ze gingen tegenover de kaart zitten en dronken een bittere Nescafé, met water uit een jerrycan, op campinggas verhit.

'Zou u niet naar huis willen?' vroeg Mulder.

'Als je eenmaal jaren loopt kan je niet meer terugkeren naar waar je vandaan komt.'

En zijn familie dan?

Nee, hij kon daar alleen als rijk man aankomen. Op een arme zoon zat niemand te wachten. Ze zouden zich voor hem schamen. Hij was liever een postwissel op afstand.

Monsieur Ngolo liep naar z'n bed, trok er een doos onder vandaan en spreidde een paar grote bruine enveloppen op de deken uit. 'Ik ben een *sans papiers* met een doos vol papieren,' grinnikte hij. Hij zocht het cahier waarin hij al zijn betalingen noteerde. Elke maand vijftig euro. Verdiend aan het gesjoemel met kaarsen voor Maria. De pater zag het door de vingers. Het cahier was zijn bewijs van goed gedrag. De dorpsoudsten konden trots op hem zijn, al hadden ze misschien meer verwacht toen hij en zijn vriend werden uitverkoren de grote reis naar Europa te maken, met de oude auto van de missiedokter...

Mulder knoeide met z'n koffie toen hij dat hoorde, maar monsieur Ngolo keek niet op, hij bleef in de doos rommelen en bladerde door z'n herinneringen. 'Wij zouden de kleine monden voeden. De melkpoeder is duur. En de maniok en de maïs. Het regent al jaren niet in onze streek, moet u weten, hoe hard iedereen ook op het land werkt, er groeit bijna niets. Wij waren de oogst, de oudste zonen.' Hij zweeg.

Mulder was te opgewonden om nog verder te luisteren. 'Wat een toeval!' riep hij.

'We zijn zonder vaarwel vertrokken, om vier uur in de ochtend,' vervolgde monsieur Ngolo dromerig. 'Om geen tranen te hoeven zien.'

'Mijn hond kwam ook met een auto uit Tsjaad. Een Renault 4.'

Maar het was geen toeval. Monsieur Ngolo bezat nog altijd het reservesleuteltje, het enige tastbare souvenir dat hij aan zijn lange reis had overgehouden. De Renault werd in Libië al gestolen en als de hond de dieven niet naar de keel was gevlogen, waren ze ook hun reisgeld kwijt geweest. De hond, daar had hij veel aan te danken. Monsieur Ngolo keek ongemakkelijk. Het onderwerp viel niet langer te vermijden. Ja, een dapper beest was het. 'Hij heeft ons tot Parijs gebracht, mijn vriend en mij, en onderweg meerdere malen ons leven gered. Maar na de dood van mijn vriend kon ik hem niet langer houden, hoe ondankbaar het ook klinkt. Ik werkte 's nachts als schoonmaker. Ik kende de naam van père Bruno, we hadden zijn adres van onze missie gekregen en voor noodgevallen uit het hoofd geleerd. Op een dag heb ik de hond naar de pater gebracht, ik wilde niets dan het beste voor hem...' Monsieur Ngolo haalde zuchtend zijn smalle schouders op. Jongensachtig, net als zijn stem, zijn gebaren, het was Mulder niet eerder opgevallen, slechts zijn ogen keken oud.

'U kent de hond dus beter dan ik,' zei Mulder en hij schrok van de jaloezie in zijn stem. De naam, nu zou hij hem eindelijk horen – hij moest er wel naar vragen. Maar monsieur Ngolo wou het niet zeggen. 'Noem hem *Le Chien*, dat is voor iedereen het beste.'

Of geen naam, want hij luisterde toch niet, hij trok toch zijn eigen plan en liet zich door niemand commanderen.
Doof van te veel bazen. Ook bij de pater bleef hij niet lang. 'Mijn schuld,' zei monsieur Ngolo. 'De politie zat achter me aan, ze hadden het huis waar ik een bed huurde al twee keer leeggehaald, midden in de nacht. De pater bood toen de torenkamer aan – in het grootste geheim: niemand mocht weten dat ik daar zat, zelfs de hond niet. Père Bruno was bang dat hij me zou verraden.'

Dat monsieur Ngolo de hond ontweek kon Mulder begrijpen. 'Alleen, het vreemde is, hij ontwijkt u ook. Hij is bang voor u!'

'Ik weet het, ik weet het.' Ngolo sloeg zijn handen voor zijn ogen. 'De hond woonde in het kraakhuis, maar bleef toch de kerk in lopen, vooral tijdens de mis als ik er werkte. Niet alleen jankte hij tegen het orgel, hij sprong ook tegen mij op en liet me dan niet meer gaan. Het viel veel te veel op. Ik viel op! Om van hem af te zijn heb ik toen een brandende kaars tegen zijn snuit gehouden – hij gilde het uit. Maar het moest, hij moest bang voor me worden. Sindsdien blijft hij uit mijn buurt.'

Monsieur Ngolo zette een nieuw pannetje water op. De lucifers braken. Hij staarde zwijgend naar het doosje. Mulder zoende in gedachte de snuit van zijn hond en ging voor de kaart van Afrika staan.

'Veel woestijn,' zei hij.

Achter zijn rug hoorde hij monsieur Ngolo in de koffer rommelen. Hij koos voor de winter: de lange onderbroeken en de trui gingen mee. Hij zou eerst naar Groenland gaan en vandaar naar Canada; over dat land had hij veel goeds gehoord. Misschien kon hij op een trawler werken en ergens op een klein eilandje worden afgezet. Aan de noordelijke stranden waren vast geen grenscontroles.

'U zou toch eens in de atlas moeten kijken,' suggereerde Mulder. 'Het is één grote ijsvlakte daar, u zult doodvriezen.'

O, maar Ngolo kon tegen kou. In Algerije zat hij zeker drieëneenhalf uur in een Franse vrieswagen verstopt. En hij had ook tweehonderd vierenzestig uur in een grote open sloep in een ijskoude zee gedobberd.

'Tweehonderd vierenzestig uur?'

'Elf dagen en nachten! Met eenenzestig mensen aan boord.'

Een man van de klok, monsieur Ngolo, een boekhouder

van postwissels, maar hij leek er een eigen telling op na te houden.

‘En de hond kon zomaar mee?’

‘We hebben voor hem betaald, half tarief. Hij moest ons immers geluk brengen! En dat deed hij ook telkens weer, ondanks alle tegenslag: nog voor we aan boord stapten, kraste hij met z’n nagels op een rotte plank en blafte net zolang tot we kwamen kijken. De bootsman wilde per se uitvaren, maar we hebben de *pirogue* met z’n allen op het droge getrokken en nog diezelfde nacht gerepareerd en geteerd. Hij was zo lek als een mandje.’ Monsieur Ngolo strooide Nescafé in de bekers. Mulder niesde van de scherpe geur.

‘Ik dacht,’ zei monsieur Ngolo na een langzame slok, ‘de Titanic is gezonken, misschien blijft een lekke pirogue wel drijven.’

De klok sloeg twaalf uur. Mulder dook ineen. De landkaarten ritselden aan de muur. Monsieur Ngolo hield twee gore stukjes kaarsvet op – zelfgemaakte oordoppen. Maar Mulder drukte zijn handen al tegen zijn oren. Toen hij na de laatste slag opkeek, zat Ngolo alweer op volle zee...

‘Er zijn op die tocht vier mensen van uitputting en dorst gestorven. Drie grote mannen en een klein meisje. Nog geen vier was ze, en de hond had een bijzondere liefde voor haar opgevat. Hij lag dagen tegen haar aan, ze had koorts en hij verwarmde haar tegen de kou, ook na haar dood, zelfs toen de stank ondraaglijk werd. De moeder wilde haar in de aarde begraven, maar de anderen dwongen haar het kind aan de zee af te staan. Een oude man sprak een gebed. De hond keek in mijn armen toe hoe het meisje zacht in het water gleed. De vrouwen zongen. Plotseling trapte de hond zich los en sprong het meisje achterna. Hij keek verwilderd om zich heen en begon rondjes te zwemmen op de plek waar zijn speelkameraadje in de golven verdween. Het kostte veel moeite om hem terug aan boord te krijgen. Het is een trouwe hond,' zei monsieur Ngolo.

'Wilt u hem niet terug?' vroeg Mulder. 'Het reizen zit hem in het bloed.'

Nee. De hond zou het hem misschien vergeven, maar hij kon het zichzelf niet vergeven. De hond had hem zijn slechtste kant laten zien.

Mulder vroeg waarmee hij monsieur Ngolo kon helpen.

Hij wist het niet.

Ze keken zwijgend naar de kaart van Canada. Groenland stond er nog niet op.

Père Bruno wachtte ongeduldig bij de deur van de torentrap. Hij was juist van plan Mulder boven op te gaan halen. 'En?' vroeg hij.

'Hij wil naar Canada, via Groenland.'

'O, dat verhaal,' zei père Bruno, 'zat hij er weer omheen te draaien? En heeft hij u ook verteld hoe hij in Gran Canaria is aangespoeld en daar op het strand door blanke vrouwen in bikini als een zeehond in hun badhanddoeken werd drooggewreven? Zijn eerste kennismaking met het schuldgevoel van Europa.' Hij lachte cynisch. 'Nu uw schuldgevoel nog.'

'Ik zou het liefst wat voor dat dorp willen doen, maar daar wil hij niet naar terug.'

'Dat dorp bestaat niet meer, afgebrand door nomadische Arabieren, ze moorden alle Afrikanen op hun pad uit om grond te roven voor hun eigen families en kamelen. Lebensraum, ook daar. Hele stammen worden uitgeroeid, kinderen voor een paar dollar gerekruteerd en zwaarbewapend tegen hun eigen mensen opgezet, vrouwen massaal verkracht, baby's in brandende hutten gegooid.' Père Bruno nam Mulder bij de arm en leidde hem naar de klapdeuren. 'Volkerenmoord! En de beschaafde wereld kijkt rustig toe en zwijgt.

Als ik er in mijn preken over praat, komen de gelovigen na afloop klagen. Ik overdrijf.'

'Maar waarom vertelt monsieur Ngolo het me dan niet?'

'Omdat hij zich schaamt.'

Père Bruno stelde voor samen ergens iets te gaan eten, hij had nog veel te bespreken. Mulder wilde liever naar zijn hond. Maar de pater wuifde zijn zorgen weg. 'De bedelares en de hond zijn dikke vrienden.'

Het was mooi weer en ze wandelden naar de boulevard. Nooit eerder liep Mulder naast een soutane door Parijs, hij zag in een ooghoek mensen naar hen kijken.

'Waarom spant u zich zo in voor die ene man?' vroeg Mulder toen ze het aquarium met de geknevelde kreeften passeerden. 'Hij is niet de enige zonder papieren.'

'Als het erop aankomt, ben ik een halve Afrikaan en kies ik voor mijn clan, mijn oude dorp. Je moet iets doen.'

Iets doen. Na die woorden moest Mulder even op een bankje zitten – zijn linkerarm deed weer pijn. Het bezoek aan de torenkamer had hem vermoeid. 'Mijn hart,' hijgde hij.

Père Bruno stelde hem gerust: had hij ook, was het niet gewoon een spier? Hij begon ongevraagd Mulders schouder te masseren. Met harde hand! Kwam van de schop en de houweel, zei hij. Van zijn praktisch geloof.

Voorbijgangers bleven verbaasd staan. Alsof de barmhartige Samaritaan op de boulevard was neergedaald. Mulder dook van schaamte ineen. Maar de harde handen hielpen en hij kreeg weer snel zijn adem terug. Ze bleven nog even zitten, ernstig op een zonnige dag, te midden van het komen en het gaan, en de weelde van de witte mensen. Als toeschouwers zaten ze daar. Dichtbij en toch heel veraf. En de pater sprak zacht over Afrika. Ja, er wachtten Europa nog honderdduizenden Ngolo's.

'Maar we kunnen toch niet dat hele continent opvangen?

Al die ongeschoolde mensen?'

'Dat is de rekening die we moeten betalen.'

'Maar u en ik weten dat ze het hier nauwelijks beter zullen krijgen. We laten hen toch niet tot onze rijkdom toe.'

'Daar wou ik het juist met u over hebben. Monsieur Ngolo zal een paspoort moeten kopen.'

Mulder ging er niet op in. 'Waarom vraagt hij geen asiel aan?'

'De vreemdelingendiensten gaan ervan uit dat iedere zwarte illegaal die hier werk zoekt de boel bedriegt. En ze hebben geen ongelijk. Wil je niet meteen uitgezet worden, dan moet je wel zeggen dat je voor je leven bent gevlucht. Ze hebben allemaal een oorlog uit hun hoofd geleerd. Maar Ngolo's zaak is ingewikkeld; toen hij zijn streek verliet, was er niet veel aan de hand, behalve dat niemand werk had en iedereen honger. Nu is de hele oostgrens van Tsjaad onveilig. De rechter zal zeggen dat hij dan in een andere provincie moet gaan wonen. Maar ook daar zal hij geen cent verdienen om voor zijn familie te kunnen zorgen. Hij heeft de verkeerde naam, spreekt het verkeerde dialect, heeft een fout geloof... Bovendien is de grond van de voorvaderen heilig.' Père Bruno sprak in gebaren, tekende grenzen in de lucht.

'Hij stuurt nog altijd geld naar zijn familie,' zei Mulder.

'De laatste twee postwissels zijn teruggekomen. Geld sturen heeft voorlopig geen zin, dat weet hij zelf ook.'

Ze stonden weer op en wandelden langs de terrassen, aangestaard door luierende toeristen die al vroeg aan de wijn zaten. Mulder wees naar een lege tafel. De pater keek naar de open blouses. 'Daar pas ik niet. En u moet ook uw hoofd koel houden.' Ze gingen binnen zitten, achterin, en bestelden een bescheiden slaatje.

'Luister,' fluisterde père Bruno en hij boog samenzweerderig naar voren. 'Ik had gehoopt dat Ngolo iets anders met u zou bespreken. Hij heeft uw hulp nodig. En snel. Onze vriend kan een paspoort krijgen, op eigen naam, maar met een ander verleden.' Hij stak een sigaret op en inhaleerde diep. 'Een Nederlands paspoort. Laatste model, voor vijftienduizend euro. De Albanezen kunnen dat verzorgen, met alles erop en eraan.' De pater verborg zijn gezicht achter wolken rook.

'U hebt goede contacten,' zei Mulder kalm. Hij deed net of hij het allemaal niet goed begreep. Wat moest Ngolo met een Nederlands paspoort beginnen? Waarom geen Canadees? Hij kon zo doorgaan voor een man uit Quebec. Maar een louter Frans sprekend zwart Nederlands staatsburger? 'Hij weet niet eens waar Nederland ligt.'

'Hij zal een beetje bijles moeten krijgen.'

Mulder schoof zijn stoel gepikeerd naar achter. 'U wilt dus dat ik zaken met de Albanese maffia doe. Uw kerk is dat misschien gewend, maar...'

'Laat de kerk erbuiten.'

'Al die leugens, hoe biecht u die weg?'

'Een kleine zonde om een leven te redden mag. De staat dwingt ons daartoe.'

'Praktisch geloof,' mompelde Mulder. Hij zou erover nadenken.

'Niet te lang,' smeekte père Bruno. Ja, misschien was hij in paniek te hard van stapel gelopen, maar... Hij keek ineens heel bezwaard. 'Er wordt al aan gewerkt, binnen een week verwachten ze het geld.' Daar keek Mulder van op. 'Ze hebben zijn foto en handtekening al, ik heb beloofd vanavond een aannemelijke geboorteplaats door te geven.' Bruno schoof een kaartje over tafel, als Mulder dat nummer een dezer dagen belde zou alles in orde komen.

Verwachtte de pater nu werkelijk dat hij persoonlijk met die lui contact zou zoeken?

'Ik ben al te ver gegaan,' zei de pater, 'nu bent u aan zet.'

Mulder kon een vloek niet onderdrukken en ook de pater liet zich gaan, al had hij er betere woorden voor. 'O, heilige moedermaagd,' zei hij.

Pas na een glas durfden ze Ngolo opnieuw geboren te laten worden. Op zijn eigen verjaardag, maar waar? Bij voorkeur in een van de Nederlandse koloniën. Curaçao? Bonaire? Dat klonk zo Frans, vond de pater. Na lang nadenken kwamen ze op Sint Maarten uit. Half Frans, half Nederlands. Saint Martin. Een naam passend bij leugens.

De deur naar het appartement stond open en een geur van gebakken eieren sloeg Mulder tegemoet. De hond wachtte hem blaffend op, uitgelaten was ie, hij rende de gang op en neer, gleed uit over de perzen, stuiterde weer terug. Er klonken stemmen in de werkkamer. Binnen trok de bedelares juist een fles open – dure wijn. 'Daar zijn we wel aan toe,' zei ze tegen Mulder. 'Deze mensen hebben u voor een ramp behoed.' Mulder schudde de hand van een loodgieter en van een forse zwarte mevrouw en schriele meneer die zich 'de buren' noemden. Ze zaten breeduit op zijn bank. 'U had lekkage in de badkamer,' zei de bedelares. 'Het water...' Ze hoefde haar zin niet af te maken. Mulder stond al in de badkamer en keek op naar een bruine prut die uit een scheur in het plafond druppelde; kasten, muren, email, alles zat onder. Er lagen handdoeken op de vloer om het lekwater op te vangen. 'Onze wc heeft het begeven,' zei de schriele meneer, die hem achterna was gelopen. 'Hij zat al tijden los.' Mulder draaide zich vragend om. Woonden er mensen boven zijn hoofd? Hij wist niet beter of de zolder boven hem was alleen in gebruik als logeerruimte voor de buitenshuis studerende kinderen van de eigenares. Hij zag of sprak ook nooit iemand op de trap. Dat deed je niet in Parijs. Je wachtte achter je deur tot je geen stap meer hoorde en dan sloop je naar buiten.

De man zag lijkbleek en droeg een beertjespyjama. 'Ik ben ernstig ziek,' zei hij. 'Hopelijk vindt u het niet erg als ik de komende dagen...' Hij wees naar de pot en wou even alleen zijn.

Mulder liet zich verbouwereerd zijn eigen gang op sturen. De hond likte verlekkerd zijn lippen af en keek hem kwispelend aan, de bedelares had juist een tartaartje voor hem gebakken. En ook zichzelf was ze niet vergeten, het was immers tijd voor het dejeuner! De wikkels uit vrieskist en voorraadkast waren stille getuigen. Zijn chocolaatjes gingen rond, de flinterdunne wafeltjes die hij stiekem alleen in bed at. De bedelares hinkte lenig van kamer naar keuken en rommelde zonder gêne onder zijn aanrecht. Ze zocht een emmer voor de bovenburen.

'Hebben die mensen die zelf niet?' vroeg Mulder verontwaardigd.

De bedelares keek Mulder minachtend aan. Waar moesten ze de komende nacht dan hun plas doen?

De schriele meneer rochelde op de wc.

'Wat zijn dat voor mensen?' vroeg hij.

'Zij is kinderoppas, hij vuilnisman. Daar hebt u goeie buren aan.'

Een vuilnisman! En de eigenares maar opscheppen dat hij op stand woonde, in een monument met middeleeuwse kelders en een eiken trap die wekelijks in de was werd gezet. Daar betaalde hij ook naar en dat gaf hem een veilig gevoel. Zonder hem ook maar iets te zeggen had dat mens dus haar *chambre de bonne* verhuurd en nu liep er een vreemde vrouw in z'n keuken die vroeg of ze wat mocht opbakken, want ze had alleen een magnetron.

De loodgieter pakte zijn tas om boven nog even de maten op te nemen voor de te installeren nieuwe pot. Mulder en hond liepen met hem mee. De deur bij de bovenburen stond uitnodigend open – het rook er vies en benauwd. Hun kamer was nauwelijks groter dan het bed. Hoe bewogen ze daar overdag? Geen wonder dat hij nooit enig gestommel hoorde, die mensen leefden op een matras.

Hij liet de loodgieter beneden uit en klopte meteen bij de eigenares op de parterre aan. Ze wist van de 'ramp'. Alles zou worden gerepareerd. Ze stond hem door een kier te woord – opgemaakt, getoupeerd, gelakt, besprenkeld. Ze was ooit mooi geweest, *la propriétaire*, een dame uit een keurige familie – daar erfde ze het huis van en de manieren. Alleen, het geld was op, zij en haar kinderen leefden van de huur. 'Een eigen huis,' verzuchtte ze, 'je wenst het niemand toe!'

'Ik begrijp dat ik bovenburen heb gekregen.'

Ja, dat was een noodgeval, een triest verhaal. Die mensen woonden tot voor kort in zo'n nare buitenwijk waar de bussen altijd staken. De man kon nauwelijks zijn werk in de stad bereiken en zijn vrouw past hier op baby's. Bij heel goeie families... zo kwamen ze ook bij haar. Het reizen werd die stakkers te veel. Ze hadden de huur van hun miserabele appartement opgezegd om dichter bij hun werk te kunnen wonen. Wat duurder misschien, maar veiliger.

'En kleiner,' zei Mulder.

'Ja, wat wilt u voor deze buurt.' De eigenares lachte gemaakt. Maar ja, de arme man was overspannen. Had ze dat geweten! Hij hield er twee banen op na. Na de vuilnis werkte hij 's middags bij een banketbakker. 'Denk je in, een hele ochtend zware dingen tillen en 's middags in de weer met taartjes.' Ze griezelde. 'Met die handen!'

'En nu kotst hij in mijn pot,' zei Mulder.

Terug in zijn appartement zette hij iedereen de deur uit. Het kon hem niet schelen dat de bedelares hem een biljet aftroggelde en de bovenburen een ovenschaal van hem leenden, als ze maar weggingen. Hij draaide een was, schrobde de badkamer, zoog zijn kleden en hing zijn schilderijen recht. Zijn notenhouten salontafel, onder de kringen van het ruwe bezoek, troostte hij met boenwas. Hij wreef zich bijna gelukkig. Zijn hond verstopte zich achter de bank. Toen alles aan kant was, poetste Mulder zichzelf. Hij lag lang in een dampend bad en boende alle mensen van zich af. Al spattend werd zijn borstel een wijwaterkwast. Hij zegende de zeep, zegende de shampoo, zijn voeten, zijn knieën, zijn lichaam en verdween in een mist van schuim... tot de kerkklokken hem uit een waterslaap wekten. Onaanraakbaar schoon was ie en hij besloot zich opvallend te kleden. In zijn beste kaki pak, zijn beste overhemd, zijn *two tone* schoenen, linnen met leer, en hij poetste de riem van de hond op. Ze gingen uit. Kreeft. Champagne.

Mulder spoelde de armoe weg die avond, twee flessen dronk hij, zelfs de hond kreeg een biertje onder tafel. Hij wandelde aangeschoten naar huis, om zijn geheugen te testen somde hij bij het beeld van de Maarschalk twintig veldslagen op – zonder naar de jaartallen op het voetstuk te kijken. Allemaal goed (dacht ie). Hij had zijn wereld weer in beheer. Alleen, de hond gehoorzaamde hem niet, die wilde oversteken naar de andere kant van de rotonde, omdat hij daar achter de bomen interessante schaduwen zag. Mulder gaf een ruk aan de riem, maar de hond bleef trekken. Wat voor ellende wachtte hem nu weer – een lange rij mannen... en er kwamen er steeds meer bij, ook vrouwen sloten zich aan, met dekens om hun schouders. En zo vreemd stil. Mulder keek op zijn horloge. Het was even na middernacht. Sigaretten werden doorgegeven, aanstekers lichtten op. Mulder zag zwarte gezichten.

De hond trok hem naar de overkant en ze liepen langs een stoet vreemdelingen: mannen, vrouwen en een enkel slapend kind. Mulder keek beschaamd naar de grond en durfde niet te vragen waarom ze daar wachtten. Het antwoord lag nog een hoek verder: de vreemdelingenpolitie. Een grote zwarte man hield hem staande. 'Het spijt mij dat u ons hier in deze ellendige toestand aantreft' – hij sprak het plechtige Frans van geschoolde Afrikanen – 'maar nu u hier toch loopt, zal ik u een voorspelling doen: eerst zal Parijs ons verjagen en dan zullen er meer steden hun politiek wijzigen, daarna zal er een razende storm over Europa woeden.' Mulder deed een stap opzij. 'Ik hoop dat mijn woorden u pijn doen.' De man knikte voldaan.

De volgende morgen werd er vroeg op zijn deur geklopt. De vuilnisman; of hij even mocht poepen.

Tegen het vallen van de avond vond ook Sri de weg naar boven. Bij toeval, want ze wou eigenlijk alleen een briefje bij monsieur Martin in de bus doen, maar ze kon zijn naam niet vinden. Een vrouw met een kunstbeen had beneden de code voor haar ingedrukt – ongevraagd – en toen besloot ze even naar boven te lopen. Vierhoog links, dat wist ze. De hond blafte bij het horen van haar stem. Maar Mulder durfde haar niet binnen te laten. 'Vreselijke rommel.' Hij was bang dat zijn luxe haar zou afschrikken. 'Laat ons naar buiten gaan, de hond staat op springen.'

Ze liepen door de buurt, die ook zo lang haar buurt was geweest, en zaten onder de kastanjes van het plein. Nare herinneringen kwamen boven – ooit zat ze daar met haar man. Mulder probeerde haar af te leiden en wees haar op de ongelijke torens. Ze zochten samen naar de kater, visten veren uit de fontein en hij vroeg of een veer ook kon reïncarneren. Want ze roken zo naar leven, vond ze niet? Sri vond dat ie spotte. O, nee, hij was geen spotter, niet meer. Bij de Bouwschool liet hij haar blind de kogelgaten in de gevel zoeken. Ze lachten, slenterden en hij wijdde haar in. De hond keek telkens naar hen om. 'Loop door,' zei Mulder, 'ik praat niet tegen jou, maar met deze dame.' En dan tot haar: 'Hij is jaloers, dit is óns rondje.'

Ze bogen voor de Maarschalk. Telden het aantal kreeften in het aquarium van het visrestaurant. Sri kon zich niet voorstellen dat iemand die 'schatjes' op wou eten. 'Als ik geld had kocht ik ze vrij.' Een boeddhist moest in tijden van rouw minstens één positieve daad verrichten – voor het evenwicht. Een kreeftenleven redden, waarom niet?

'Dan zou ik altijd voor mensen kiezen,' zei Mulder en hij dacht aan zichzelf.

Ze dronken wat op een terras. Sri bestelde perensap. Mulder ook. 'Een onderschatte vrucht,' vond hij. Ze nam onzichtbare slokjes. Agenten liepen voorbij, hielden flanerende jongens in trainingspakken staande en vroegen naar papieren. Sri keek naar de grond. Uniformen maakten haar onrustig, zei ze. Mulder knikte enthousiast. 'Bij mij net zo!' Er waren ook uniformen op haar werk gesignaleerd. Laatst werd een heel busje schoonmakers naar huis gestuurd – zonder dat ze een cent kregen uitbetaald. De koppelbazen waren bang voor controles. Vandaar haar onverwacht vrije avond. En er verdwenen zomaar mensen uit haar ploeg... Opgepakt, werd er gefluisterd. De kleine minister had harde maatregelen aangekondigd: alle illegalen moesten voor het eind van de zomer het land uit.

De Chinees karde hun tegemoet, krakend van karton, voeten in plastic zakken. Sri zei het een eer te vinden hem te ontmoeten. Hij boog voor haar en zij voor hem. Ze liepen gevieren op. Sri hielp hem zijn beladen winkelwagen duwen en keek bezorgd naar zijn afgebonden vingerworstje. Ze raakten meteen in gesprek. Mulder volgde zwijgzaam. De hond keek vreemd naar hem om. Lachte hij hem uit?

Ze schuimden de stegen achter de warenhuizen af om dozen uit te kiezen, keurden het karton, en de Chinees demonstreerde hoe je twee stukken zonder schaar of plakband toch aan elkaar kon hechten. Niet al te stevig, want het ging hem om beweging: hij wou het constante uitdagen. Onaf was niet onvoltooid. Suggestie ging verder. Zoals één bamboe in de wind geluid voor een heel bos kon maken, zo bouwde hij uit één doos een nieuwe stad. Als doofstomme kon Mulder hem beter volgen, maar Sri begreep hem helemaal. Speciaal voor haar vouwde hij een hoed uit ribbelkarton. Een zeskantig huisje. *l'Hexagone*. Ze was verrukt. Ja, als het moest kon de Chinees een heel land voor haar vouwen.

De maffia nam niet op. Mulder had al herhaalde malen het door de pater opgegeven telefoonnummer gebeld. Telkens geen gehoor – gelukkig. Tijd te over om stoere dialogen te oefenen. 'In welke coupures wilt u het geld?' 'Nee, ik spreek niet in het donker af.' 'Waaraan kan ik u herkennen?' 'Ik draag een anjer in mijn knoopsgat.' Of moest hij juist geheimzinnig zwijgen? Die verdachte klikken als de telefoon overging. Dat nummer werd natuurlijk afgeluisterd. Was het dan niet verstandiger in codes te spreken? Had hij maar wat meer detectives gelezen. Mulder wachtte en telde zijn geld in gedachten – misschien moest hij toch eens een bankafschrift openscheuren. De brievenstapel op de keukentafel wankelde vervaarlijk. En er kwam meer post bovenop. Een brief van madame Sri, twee dagen na haar bezoek. Hij herkende haar handschrift meteen. Poststempel: Lyon. Had ze Parijs verlaten? Hem verlaten? Hij durfde de brief niet open te maken. De volgende morgen lag er een tweede brief in de bus. Zelfde handschrift. Zelfde poststempel. Brieven die om zijn ogen schreeuwden. Maar de hond wou naar buiten. En Mulder liep weg, van de telefoon, van de brieven.

Het was warm en drukkend in de stad. Soms vielen er kleine donderbuien die naar verre tuinen roken. Ze snoven de zomer op en lieten zich nat regenen, maar na een uur waren jas en vacht zo doorweekt dat ze rillend onder de luifel van een kerk moesten schuilen. Het verbaasde Mulder hoeveel mensen hen passeerden en de kerk ook werkelijk binnengingen – met druipende tassen en al. Toen de regen schuin onder de luifel sloeg, vroeg hij aan de hond of hij bezwaar maakte... Er klonk geen orgel binnen. De hond ging hem voor, zonder aarzeling. Hier wachtte hem geen Ngolo met gemene kaarsen. Ze maakten een kleine ronde, snoven de muffe geur op en stonden stil voor de tombe van Molière, verguld met lof en krul, een paar meter naast een kapel voor de schutspatroon van groenteboeren, beenhouwers en broodbakkers waar een man in stofjas op beide knieën zat te bidden, en alsof dat niet genoeg was, wierp hij zich ook plat op de grond en kuste kreunend het marmer. Parijs zat nog vol Tartuffes.

Molière had de toon gezet. Er hoefde maar een bui te dreigen of Mulder en hond renden een kerk in om even de oren aan de stilte te scherpen en wie weet andere beroemde doden te groeten. Aan de linkeroever, tijdens een geselende donderbui, kwam Mulder de naam van marquis De Sade op een dooplijst tegen. De man die schreef: 'God is voor de mens wat kleuren zijn voor een blinde.'

Ze schuilden meer dan ze liepen. Mulder moest wel – zijn hart vroeg erom. En hij kon uit tientallen kerken kiezen. De protestanten bleken allemaal dicht, alsof er in die kaalheid wat te stelen viel, maar bij de roomsen konden ze overal voor niks op adem komen. Ook de hond genoot. Hij leek niet weg te branden bij een vitrine met beenderen van de heilige Ursula, een prinses die zich liever door de Hunnen liet afslachten dan dat zij haar geloof verloochende. Vijftien flinke kluiven restten nog van haar en er zaten nog mensen voor te knielen ook. Wat een heerlijk geloof, dacht Mulder: bidden voor botten.

Hij wandelde tussen de zuilen als tussen de bomen. In een kooromgang zag hij palmen tegen het gewelf uitwaaieren – vijf eeuwen oud en nog altijd modern. Maar hij mocht het niet mooi vinden van zichzelf, niet al te mooi, hij kwam alleen maar om te schuilen. De regens dreven hem naar binnen – meer niet –, en de mensen misschien; hij kon het niet nalaten wildvreemden in een kerk te achtervolgen, op gepaste afstand. Hij begreep ze niet, vond ze eng, maar ze boeiden hem steeds meer. (En hij dankte stilletjes zijn hond.) Mulder keek naar de vrouwen die met Maria zaten te praten, naar die gezichten zonder rust. Soms ging hij een stoel van ze af zitten – ogenschijnlijk diep in gebed – intussen luisterde hij over hun schouders mee. Vrouwen met een zwaar leven, zonder een cent in de huishoudportemonnee, in de steek gelaten door hun man. Rotmannen. Of moeders met rotzonen. Er werd wat voor ze afgesmeekt. Maria had veel te regelen: schulden afbetalen, huwelijken redden, verslaafden op het rechte pad brengen. Na een paar kerken was het Mulder opgevallen dat de vrouwen die bij Maria hulp zochten vaak leken op het beeld dat ze aanbaden, alsof ze zich zo met hun heldin hadden vereenzelvigd dat ze ook haar trekken kregen. Ze zogen zich aan haar vol, en wanneer de kracht was uitgewerkt moesten ze weer terug om zich aan haar op te laden. Ook mannen vroegen om haar voorspraak:

schuilende zwervers en dronkaards die hun roes bij haar uitsliepen, maar ook enge dwepers die naar haar tucht verlangden. Achter de beurs zag hij snelle pakken een kerk in rennen, jongemannen die tussen twee opties door een dure kaars opstaken. Aandeelhouders in geloof.

Drie dagen dwaalde Mulder, drie dagen keek hij vreemde levens af, zonder zichzelf onder ogen te komen. Hij ondernam geen enkele actie. De brieven wachtten op de keukentafel, zijn vingers kenden het nummer van de maffia, maar hij verkoos de wisselvalligheid van zomerregens om te kunnen schuilen in de kerken. Schuilen voor de tijd, hoe hard de klokken ook sloegen. Schuilen voor zichzelf. In kerken kon hij denken zonder te weten waaraan hij dacht. Uren. In dat vreemde geroezemoes, in dat prachtige licht. Zonder een klacht van zijn hond. Hij dwaalde en hij schaamde zich.

De regens hielden aan, zo heftig dat baas en hond niet eens meer naar buiten gingen en in hun eigen huis moesten schuilen, aan en onder de keukentafel. Ze staarden naar de duiven in de vensterbank en verjoegen ze niet zoals gewoonlijk. De duiven speelden voor weerhuisje: bij de geringste opklaring klapperden ze hun vleugels droog en vlogen ze naar de leien daken aan de overkant. Reden voor de hond om de voorpoten te strekken en zijn snuit tegen twee smetteloze broekspijpen te duwen, in de hoop dat die hem mee naar buiten zouden nemen. Hij was het binnen hangen zat. Maar er was geen beweging in zijn baas te krijgen. Mulder had de brieven van madame Sri opengemaakt en zat terneergeslagen op zijn stoel. Vier brieven lagen op tafel. Dagen had hij ze dichtgelaten, maar nu las hij ze keer op keer, met een ongedurige hond aan zijn voeten en koerende duiven voor het raam. Tijdens een politiecontrole op haar werk, even voor middernacht, waarbij alle schoonmakers hun papieren moesten tonen, was Sri in paniek het terrein op gerend en in de laadruimte van een vrachtwagen gedoken. De volgende morgen werd ze wakker in Lyon. 'Vluchten is eenvoudig,' schreef ze, 'ik kan het slapend.'

Mulder kon haar eerste brief met moeite lezen. De letters sprongen van woord naar woord en de regels hapten naar adem. Sri was in paniek: de sociale dienst gaf adressen aan de vreemdelingenpolitie door. Bewijzen te over, er waren al vele vrienden opgepakt. Naar haar kamer in 9-3 durfde ze niet meer terug. Gelukkig telde Lyon genoeg kraakpanden, voorlopig zat ze daar veilig. Of hij, Mulder, voor haar nog altijd Nicolas Martin, contact wilde opnemen met de advocaat die de belangen van de brandslachtoffers behartigde? En misschien kon de weldoener druk uitoefenen...'Of zal ik me laten oppakken en terugsturen en van het water drinken dat de as van mijn man naar zee heeft gevoerd?'

Mulder hijgde met de letters mee. Hij had meteen de advocaat gebeld. De man rommelde hoorbaar in lades en mappen. Madame Sri zat niet in zijn dossier. Ook vroeg hij de pater om raad. Bestond het door hem opgegeven nummer wel? Kon ie zijn contacten niet nog eens aanspreken? En als ze toch troebele zaken deden, waarom dan niet meteen twee paspoorten besteld? Maar père Bruno klonk angstig en afwerend. De bisschop had een assistent op z'n dak gestuurd, een fanatieke seminarist die al zijn gangen naging: hij noteerde zelfs wie er kwamen biechten.

Het maffianummer gaf geen sjoege. Mulder toetste het keer op keer, zelfs op tijden die hij ongepast vond – onder het eten en na tien uur 's avonds. Ten einde raad belde hij na een flinke slok midden in de nacht en toen had ie ook meteen beet: een rokerige stem nam op, een man zonder naam, met een zwaar accent. Alles bleek geregeld... Pardon? Wenste de pater nog een paspoort? Hij kende de procedure: eerst foto's en gegevens. Datum, tijd... Nadere instructies volgden. Hoezo, geen mobiele telefoon? Was ie soms achterlijk? 'Nee, meneer,' zei Mulder beteuterd. De stem beval hem geen contact meer te zoeken. 'Blijf op uw post.'

Lange wandelingen zaten er voorlopig niet in.

De tweede brief toonde een rustiger handschrift: Sri maakte zich zorgen om Fanta. 'Zij kan wel zonder mij, maar niet zonder verhalen.' Kon Martin haar niet bezoeken? Mulder nam het zich voor. Zoals hij zich ook voornam bij het volgende gesprek met de maffia een flinkere stem op te zetten.

De derde brief rook naar bleek. Haar geld was op en ze had bij toeval een baantje op een wasserij gevonden. 'Strijken is nobel werk,' schreef ze. 'Je geeft dingen hun vorm terug, tovert uit kreukels een mens tevoorschijn. Strijk ik een blouse of overhemd, dan zit ik een vreemde dicht op de huid en krijgt hij of zij van mij weer een stevige hals, brede schouders en een ruggengraat voor één dag. Ik strijk rust in kleren en verplaats me in de hand die een hemd uit de kast haalt en het armsgat van een gesteven mouw verkent.' Sri vond vooral plezier in een dampende bout waarmee ze tikkend knoopjes omzeilde. 'Ik moet voelen dat ik het met liefde doe, al geloof ik niet dat iemand het ziet. Haastige mensen kijken slordig en ze kopen tijd om zich nog meer te kunnen haasten.'

Waarom deze ontboezeming? Geen woord over hoe Mulder haar bereiken kon. Ze liep gevaar en schreef over de vreugde van het strijken. Al eindigde ze met een bittere noot: de wasbaas miste een overhemd en had haar met de politie gedreigd. Ze kon zonder een cent vertrekken.

In de vierde brief werkte ze in een hotel, 'om mijn reis te verdienen'. Waarheen die reis ging schreef ze niet, wel haalde ze herinneringen op aan haar eerste baantje in Parijs: schoonmaken in een klein hotel waar de gasten evenveel voor één nacht betaalden als zij in een week verdiende. Een grondiger kennismaking met het Westen kon ze zich niet wensen. Minstens zes paar schoenen onder in de kast, tassen vol pas gekochte kleren, uitpuilende toilettassen en de onbeschaamdheid van opengeslagen bedden. De intiemste dingen zag ze op die kamers, maar zijzelf werd door niemand gezien, iedereen liep aan haar voorbij. Ze rook aan dure crèmes, luisterde naar het getik van op wastafels achtergelaten horloges en hield voor de spiegel een avondjurk tegen zich aan. 'Ik vond iedereen rijk, tot ik een echtpaar hoorde klagen dat zij geen beter hotel konden betalen, ze hadden het liefst een ster hoger geslapen en elke dag schone lakens. Armoe is betrekkelijk. Voor een draak is een gouden ring kleiner dan voor een worm. Een wijsheid van thuis. Vroeger hoefde ik mijn geld niet te tellen, vandaag zocht ik naar verloren muntjes onder kussens van banken en stoelen. Ik heb er in al mijn schoonmaakdagen nog nooit een gevonden. Als kind zou ik me ervoor hebben geschaamd. Mijn vader heeft me naar een goede school gestuurd: ik was de eerste dochter uit een boerenfamilie die niet bukkend voor haar eten hoefde te werken. Ik moest, anders dan hij, rechtop door het leven gaan. En nu heb ik eelt op mijn knieën.'

Mulder staarde naar haar handschrift en streek de vouwen uit haar brief. Hij wantrouwde de toon. Haar herinneringen lazen als een afscheid. Loslaten kon ze, maar liet ze ook de hoop varen? Ze leek bereid zich te laten uitzetten. Waarom belde ze hem niet? Of had hij haar zijn nummer nooit gegeven, hooghartige stommeling die hij was? Ze moest eens weten wat hij voor haar kon doen: een auto huren, haar ophalen, een huis voor haar zoeken, een paspoort kopen. 'Waar zit je, Sri?' vroeg hij onder het luiden van de klokken, of misschien riep hij het want de hond kroop onder de tafel vandaan – hij herkende haar naam. Mulder aaide zijn kop en vroeg hem om raad. Hij was bang voor zijn eigen verlangen, zei hij. Verlangen maakte de dingen kapot... Amandelvormige ogen keken hem aan, vol deernis en begrip. Zijn harige Maria had aan een half woord genoeg.

De bedelares rammelde met haar been onder het raam, ze deed een brief van de pater in de brievenbus (haar heilige Bruno kneep 'm), de vuilnisman kwam nog een paar keer poepen, de loodgieter installeerde boven een nieuwe plee en Mulder bleef naast de telefoon zitten. Bij de eerste rinkel, na tergende uren, schreeuwde hij zo luid JA in de hoorn dat het kindmeisje aan de andere kant van de lijn zich bijkans verslikte in een door haar al honderden malen afgedraaid verkoopverhaal: de plastic tuimelramen gingen voor de helft van de prijs, een buitenkansje. Mulder liet haar nog uitpraten ook.

Duiven vlogen op van de vensterbank, regenwolken verwaaiden – de zon brak door. De hond droeg de riem aan, de baas bleef zitten. Hij moest zichzelf maar uitlaten.

Midden in de nacht werd er weer gebeld. De rokerige mannenstem: over twee dagen onder de klok van het station, na aankomst van de laatste internationale trein. Zonder anjer. En zonder hond! Ze wisten hoe Mulder eruitzag.

De volgende ochtend viel de vijfde brief van Sri in de bus. Meteen opengescheurd: ze kwam overmorgen naar Parijs en nam de trein van 19.00 uit Lyon.

Naar buiten! De benen na het lange zitten strekken, langs de kades lopen, de bruggen over en met open armen van Parijs houden. De straten waren gewassen, de hond danste en Mulder liep licht. Madame Sri kwam terug. De meeuwen krijsten het over de daken. En ze zou papieren krijgen, op welke manier dan ook. Er stonden witte koppen op de Seine: de bergen schudden de regens van hun rug. Golven kolkten hoog om de pijlers, zelfs de ringen aan de kademuren waren niet meer te zien. Niets daar beneden bood nog houvast. Uitstekend weer voor zelfmoord. Het water lokte niet die morgen, maar het idee de dood in eigen hand te hebben stelde Mulder altijd weer gerust. Nu het leven nog.

Hond en baas liepen langs een parkje dat ze nooit eerder

samen bezochten. OUDSTE BOOM VAN PARIJS, stond op een bord naast het hek. Een valse acacia, vier eeuwen geleden aan de oever van de rivier in een kloostertuin geplant, maar nu ingeperkt door razend verkeer en door balken gestut. Onder de boom stond een tuinman het grind te harken. Juist toen Mulder de met klimop omwoekerde stam aanraakte, om iets van dat oude leven in hemzelf door te laten stromen, kroop een spin van de bast naar de bezemkar van de tuinman. Een bedauwde draad schitterde in de zon. De spin nestelde zich in een emmer. Mulder volgde elke beweging. Hij sprak de spin toe: 'Ga terug in je boom.' Hij tikte tegen de emmer. De spin trok zijn poten in en verstopte zich onder een hoop groene, door de regen afgerukte bladeren. De tuinman kwam met een volle schep afval aangelopen. 'Pas op, breek het web niet,' zei Mulder.

De tuinman keek hem aan of hij gek was.

'Er zit een spin in uw emmer.'

De tuinman haalde z'n schouders op. De wind stoof over zijn schop, er bleven een paar bladeren in het web hangen – zo sterk was de draad, zo breed het web. Mulder wilde de spin redden en woelde voorzichtig in de emmer. Hij knoeide.

'Zeg, ik sta hier niet voor niets te werken,' zei de tuinman.

'Laten we hem in veiligheid brengen,' zei Mulder.

'Meneer, wees redelijk, u en uw hond hebben vandaag al duizenden insecten vertrapt.' De tuinman propte zijn bladeren in de emmer, stampte flink aan en duwde zijn kar weg uit het grind. Dwars door het web.

Mulder probeerde een paar gebroken draden van stam naar stut te leiden – zinloos, hij wist het. De wind blies de laatste restanten uiteen. Je optrekken aan een spuugdraad, had hij daar niet net bij Job over gelezen, op aanraden van père Bruno? Alleen de goddeloze zoekt zijn toevlucht in een spinrag, hij grijpt zich eraan vast, maar het houdt geen stand.

Mulder was ook goddeloos en hij nam zich voor het nog lang te blijven. Toch *geloofde* hij in zijn daad. Misschien moest hij een eigen godsdienst oprichten. Een cultus van toewijding. Met de grootst mogelijke liefde dingen doen. Schoenen poetsen. Strijken. De hond kammen. En bidden, dat wil zeggen, tegen jezelf praten en de kern aanspreken. Wat die kern was wist hij niet, maar daar zou hij proberen achter te komen, door zichzelf vragen te stellen, vragen die als sondes de kern aftasten.

Een lachend meisje in bed, nog maar half verborgen in verband, hoofd en armen waren vrij. Fanta had weer een gezicht gekregen, haar ogen fonkelden en ze kon al voorzichtig in haar handen klappen. Mulder deed een dansje aan haar voeteneind. Hij speelde voor hond, bij gebrek aan hond. Het was niet gelukt hem mee het ziekenhuis binnen te krijgen, de dokter was er niet en de verpleegsters maakten bezwaar. Maar kijk: Mulder kon zijn oren bewegen en klonken de nieuwe ijzertjes onder zijn schoenen niet even mooi als hondennagels op het zeil?

Fanta lag niet meer in steriele isolatie, ze deelde een kamer met drie andere kinderen, meisjes van overzee – Polynesië, La Réunion en Guadeloupe – met kwalen die in eigen land niet konden worden verholpen. En ook die klapten en lachten voor zover hun beugels, katrollen en verbanden dat toelieten. Mulder moest heel wat overwinnen om zo gek te durven doen, maar hij speelde liever toneel dan als een namaakvader naast een ziekenhuisbed te zitten. Wat moest hij zeggen? En die meisjes die hem aangaapten... Hij vluchtte in grapjes om maar niet over ziektes te hoeven praten en keek weg van Fanta's strakke huid en rauwe vingers. Ze legde haar hand op zijn hand – hij sidderde.

Overdag kreeg ze maar weinig bezoek. Alleen de buurvrouwen soms, de twee zusters. En haar onderwijzer met taken. Fanta liet Mulder haar schoolschriften zien en brieven van klasgenoten, maar die wou ze nog niet aan haar bed. 'Pas als ik weer een mooie neus heb.' Haar tantes werkten overdag en konden alleen 's avonds of in het weekend komen. En haar moeder? Die was dood. Al twee jaar. Er waren ook twee tantes bij de brand omgekomen. Alle vrouwen uit het huis noemde ze tante, ook Sri. Mulder kon er niet goed wijs uit worden en hij durfde niet door te vragen. Was er een vader? Welke rol speelde de geheimzinnige Triple X in haar leven?

Ze spraken liever over de hond. *Le Chien*, de naam die ook Fanta hem gaf. De hond had haar uitgekozen, zei ze, op haar bed vond ie rust in dat overvolle huis en zíj had hem manieren geleerd, want hij was zo wild na al die reizen. Mulder sputterde tegen en stak als een schooljongen zijn vinger op, maar Fanta wuifde hem weg. Het was haar hond geweest – *haar*... ze zei het zonder nadruk, maar in Mulders oren klonk het als een verwijt. Ze straalde bij de herinnering: hij bracht haar elke dag naar school, zij was de enige die hem mocht wassen en kammen, en de keer dat ie met een kapotte snuit voor de deur stond, was zij de enige die zijn wond mocht verplegen. De straatvechter... Maar ook dat had ze hem afgeleerd. Mulder sprak haar niet meer tegen.

Fanta wou weten of de blaren op zijn staart mooi waren genezen. 'Hij kwispelt zonder pijn,' grapte Mulder. Maar haar ogen schoten vol: het kon dus allemaal goed komen. Ze wist het. Hoopte het. En dan te bedenken dat ze *Le Chien* als een brandende fakkel door het huis had zien rennen! Jankend. Ze keek naar haar onder een lakentent verborgen benen. Misschien zouden die net zo goed genezen als zijn staart.

'Heb je dat echt gezien?' vroeg Mulder geschrokken.

Ja, de hond had met z'n staart een kaars omgegooid.

Was de hond dan...? Nee, die vraag slikte Mulder in.

Een vreemde somberheid overviel hem. De hondenverhalen waren op en zijn voeten hadden geen zin meer in tapdans. 'Kun je nog wel van de hond houden?' vroeg hij.

Fanta knikte heftig ja, tegen haar tranen in.

Bij het verlaten van het ziekenhuis meende Mulder Triple X op de parkeerplaats te zien. Even wilde hij achter hem aan gaan, maar toen hij beter keek, was ie alweer verdwenen. En opeens miste hij zijn hond vreselijk.

Thuisgekomen kamde hij lang zijn staart, de schuldige staart, en hij keek anders naar die nobele ogen. De hond likte zijn hand, beet hem zacht in de muis van zijn duim - een woordeloos teken van liefde, of wanhoop misschien, want er zat een verhaal in dat stempel van snijtanden, een manier van zeggen die Mulder niet kon verstaan. Hij kneep even zacht terug, als antwoord, zijn vingers betastten de geheelde wonden aan de poten en het eelt onder de zolen, de zwartdroge kussentjes, gehard en gebarsten door woestijnen, straten en een brandende trap, ze roken zo aangenaam naar zweet, een geur die hij van mensen niet kon velen. Ze snoven elkaar op, uren lagen ze naast elkaar, lui en melancholiek. De avondwandeling werd ingekort tot een plas tegen een boom en ook de volgende morgen bleven ze nog lang op bed liggen.

Mulder oefende zijn maffiadialogen. Nog een paar uur en hij stond onder een stationsklok over valse paspoorten te onderhandelen. Hij zapte de televisiezenders af, op zoek naar spannende films waar hij misschien nog iets bij af kon kijken... Actie te over op de namiddag: in regenjas telefonerende privédetectives, getourmenteerde inspecteurs, moordenaars met leren handschoenen, *kung fu fighters*, scherpschutters – types die aan eenlettergrepige woorden genoeg hadden.

Een bericht flitste voorbij: een aanslag... Minister op werkbezoek beschoten. De kleine! Met dodelijke hoofdwond naar het ziekenhuis vervoerd. Zenders braken programma's af. De deur van een ziekenhuis kwam dreigend in beeld. Telelenzen zochten ramen af en bezorgde hoofden deden voorspellingen. Een hoge politiefunctionaris kwam melden dat de dader ter plaatse was gearresteerd: een jongeman uit extreem linkse kring. Een verklaring die vele malen werd herhaald. Panels analyseerden daad en dader. Onvrede met het vreemdelingenbeleid van de minister zou het motief zijn. Filosofen schoven aan, mannen die overal verstand van hadden. Mulder verloor de weg in hun lange zinnen.

Twee journaals later had de 'terrorist' bekend in opdracht te handelen: namens een organisatie die alle illegalen het land uit wilde zetten. Verwarring. Kwam de kogel nu van links of van rechts? Teleurstelling ook. De minister verkeerde buiten levensgevaar, wat heet: hij verscheen met een verband om zijn hoofd in het achtuurjournaal. Samen met z'n vrouw – die weer weggelopen was en toch weer terug – in een bij haar lippenstift passend kraagje. Twee uur eerder hadden 'intimi' nog in de verleden tijd over hun 'dierbare vrind' gesproken.

'Democratie,' zei de minister en hij herhaalde het woord om de zin, het spatte tegen de microfoon, droop van de cameralenzen. Democratie! Het land was getuige geweest van een aanslag op de democratie.

Wijdbeens zappend zag Mulder het aan. Met een goede wijn en een bord vol toastjes. Zijn zenuwen speelden hem parten, niet om wat hij zag, integendeel, niets heerlijkers dan de eigen zorgen vergeten en opgaan in opgeklopte sensatie, maar de klok zat hem dwars. De klepel won het van de kogel. Hij probeerde de godganse dag te verdringen dat hij die avond op twee verschillende stations werd verwacht en dat hij een race tegen de klok moest voeren. Maar die vette Charlotte aan de overkant herinnerde hem daar pijnlijk aan – klink goed, doe goed: Acht uur. Hij had nog een uur om Sri van de trein te halen. Twee uur later kwam de laatste trein uit Brussel aan en moest hij zich onder de klok vervoegen. Op een ander station! Een halfuur met de metro. Zou het lukken in die tussentijd nog pasfoto's van Sri te laten maken en onderdak voor haar te vinden? Dat haalden ze nooit. Voor de zekerheid had hij het geld al bij zich gestoken: vijftienduizend euro in kleine coupures, zoals opgedragen, weggestopt in kont- en binnenzakken en hij had ook nog een washandje aan de binnenkant van zijn broek genaaid: er bungelde minstens achtduizend euro onder aan z'n buik. Dat zou nog wat worden straks, er waren weer rellen uitgebroken, overal loeiden sirenes, de stad zag blauw van politie en hij met een gulp vol geld de metro in...

De trein uit Lyon had vertraging. Mulder drentelde onder de schermen waarop spoor en aankomsttijden werden aangegeven. Hij was al drie keer door hoerenjongens aangesproken. Nooit eerder last van gehad. Was ie eens op vrijersvoeten, liepen er mannen achter hem aan. Misschien had hij zich iets te goed gekleed voor een station, maar een streepjespak deed het beter als je met boeven moest praten, dacht ie, alleen de achterflap van zijn jasje sprong zo op – z'n kont bolde van het geld – zou dat het zijn? Of was een man met een roos soms verwijfd? Hij wilde Sri feestelijk ontvangen. Twee agenten hielden hem staande: zocht monsieur iets?

'Ik wacht op de trein uit Lyon.' Mulders stem klonk van de zenuwen een octaaf hoger.

De agenten keken hem misprijzend aan. 'Papieren!'

Hij moest er al zijn zakken voor aftasten, het zweet liep langs zijn slapen. 'Ik kom mijn vrouw ophalen,' zei hij. Ja, ja. En waarom hield hij zich dan zo lang op bij die schermen? De trein was vertraagd. Ja, ja. Mulder liep met ingehouden billen naar het opgegeven spoor – de agenten achter zich aan. De trein reed twintig minuten te laat binnen.

Sri wuifde al van ver. Mulder durfde haar nauwelijks tegen zich aan te drukken, hoezeer hij daar ook naar verlangde. Hij was bang dat ze het geld tegen zijn buik zou voelen, maar ook de ogen van de agenten brandden in zijn nek: dus zoende hij haar afstandelijk op beide wangen, ruilde haar tas voor zijn roos en greep haar bij de arm.

Haar jas voelde nieuw – als karton – en de tas woog zwaar. 'Tati,' zei Sri. De goedkoopste graaibak van het land. Ze had goed verdiend in Lyon. 'Overal werk', het werk dat witte handen weigerden. Mulder liep gespannen naast haar. Hij probeerde zo getrouwd mogelijk te kijken, al moest hij wel wennen aan haar goedkope kleren en het knetterende nylon van haar jurk.

Ze vroeg naar de hond.

'Die wacht thuis,' zei Mulder gejaagd. 'Er zijn te veel politiehonden op straat. De stad is een vesting.' Hij zette er flink de pas in.

Hij liep zo raar, vond ze, en dat gehijg: ging het wel goed met hem?

Politie. Zag ze die agenten niet? Het was ongerustheid om haar.

Wat zei de advocaat? En hoe ging het met Fanta en de weldoener? Sri vroeg veel voor haar doen en ze noemde Mulder telkens: Nicolas. Om gek van te worden. Nog voor het slapen zou hij haar zijn ware naam vertellen. Exit Nicolas Martin. Hij keek op zijn horloge: nog anderhalf uur, het zou erom spannen. Die pasfoto moest maar een andere keer. Sri trok aan zijn mouw – ze kon het tempo niet bijbenen. Mulder smeekte haar door te lopen. 'Ik heb nog een dringende afspraak.'

Sri begreep het, ze trok haar arm terug. De roos knakte. Het speet haar hem tot last te zijn... Wist hij misschien een goedkoop hotelletje in de buurt? Ze had er geld voor, zei ze. Het enige dat ze van hem vroeg was haar op zíjn naam in te schrijven. 'Als mevrouw Martin.' Ze lachte. Papieren, overal vroegen ze naar papieren. Daarna zou ze wel zien.

Mulder zweeg. Honderden zinnen flitsten door zijn kop – alles uitgedacht, maar hij had geen idee wat hij moest zeggen. Ze daalden de trappen naar de metro af en passeerden een kordon politiemannen – mitrailleurs in de aanslag. Het openbaar vervoer uit de buitenwijken was stilgelegd. Je kon er alleen nog maar héén. Een boze reiziger die er luid schande van sprak kreeg een klap met een knuppel. Sri trok Mulder weer naar zich toe. Het geld op zijn buik verzakte. 'Je kunt blijven slapen,' fluisterde hij. (Zijn appartement durfde hij nu wel te tonen, met de lekkage in de badkamer was ook de schaamte voor zijn luxe afgenomen.)

Sri schudde heftig nee. 'Ik ben weduwe. Ik houd me aan de regels van mijn rouw.'

'Bij de hond ben je het veiligst,' zei Mulder, bovendien kon hij dat arme beest met al die sirenes in de stad niet te lang alleen laten. Ze moesten maar even op elkaar passen.

'Maar ik slaap alleen,' zei Sri beslist.

'Niet helemaal, de hond bewaakt je.'

'Wiens kant zal hij kiezen als het erop aankomt?'

'Hij kent jou langer,' zei Mulder, 'van ons twee heb jij de oudste rechten.'

Ze liepen lachend langs de verbeten politiekoppen.

De metro liet op zich wachten. Mulder had stiekem een hartpil ingenomen en keek Sri met een wanhopig rood hoofd aan. 'Hoe laat is het, hoe laat is het?' Hij was te duizelig om de kleine wijzerplaat van zijn Breguet af te kunnen lezen. 'Mooi horloge,' zei Sri. Hij liet haar naar het tikken luisteren. *Le réveil du Tsar*... 'Nooit op een hotelwastafel zien liggen?' Het merk zei haar niets.

Mulder draaide zenuwrondjes op zijn hakken.

'Is die afspraak zo belangrijk?' vroeg Sri.

Ja, en het betrof ook haar. Hij kon een paspoort voor haar regelen.

Achter haar rug? Zonder met haar te overleggen? Sri wou er niets van weten. Een gestolen paspoort zeker, of een vals. Geen denken aan. Ze was de illegaliteit beu. 'Ik wil zonder schuldgevoelens door het leven.'

'Ik ook,' zei Mulder. 'Daarom wil ik je helpen.'

De hond piste van vreugde toen Sri voor zijn neus stond. Mulder raasde nog met een lapje door de gang, op de knieën voor een vlek, hoezeer hij zichzelf ook vervloekte. 'Je knapt uit je broek,' zei Sri. Maar hij was te gehaast om zich nog om te kleden. Een klein uur had hij nog. De metro reed niet meer. Bommelding, zeiden de mensen op straat. Geen taxi vrij, de bussen puilden uit. Er heerste een opgewonden stemming. Auto's met uitgelaten jongelui raasden voorbij, vlaggen wapperend uit de ramen. Franse, Marokkaanse, Senegalese. Blij om de aanslag? Of blij dat het met een sisser was afgelopen? Mulder besloot te lopen, met de duim omhoog naast het trottoir – misschien dat een auto hem mee wou nemen. Hij passeerde cafés waar mensen schouder aan schouder naar boven de tap hangende televisies keken. De president sprak het volk toe. Gebulder achter de ramen. Zijn woorden werden luidkeels herhaald: 'De republiek is er voor u. De republiek zal u beschermen.'

Sirenes loeiden en auto's brandden op de boulevard.

Twintig minuten te laat en niemand onder de klok. De plaats was afgezet. Er ronkte een kleine tank voor het station. De loketten waren gesloten, de kiosken, koffiestallen, de caféterrassen aan de overkant; geen omroepberichten, gedempt gestap of schelle fluitjes; de lampen in de vertrekhal brandden op halve kracht, alleen het neon van de reclameborden schitterde uitbundig op de knuppels, handboeien, pistoolholsters, koppelriemen en mitrailleurs van politiemannen bij de ingang.

Mulder zou de beelden de volgende morgen op het journaal terugzien: het uitdelen van soep aan de politie, de verlaten perrons, de kleine tank, zwaailichten tegen de donkere glazen gevel. Alle treinverkeer uit het noorden was geblokkeerd, 'oproerige elementen' uit de buitenwijken hadden betonpalen op de rails gegooid. Even dacht Mulder zichzelf te zien: een man die nerveus aan de overkant van het station stond toe te kijken. Hij meende ook de auto met de louche mannen die hem hadden opgewacht te zien wegrijden. Het journaal hielp hem de rit door de belegerde stad weer voor de geest te halen. De geuren kwamen terug, de bittere smaak, al ontbraken er wijken en straten en woorden, want zijn hart had opgespeeld – de hele nacht – en hij was meer dan de helft vergeten. Van pure angst.

Het had hem al geduizeld tijdens het liften naar het station. Geen auto die hem mee wou nemen. Bussen reden ook niet meer. Hij was midden op de weg gaan staan en had een brommer aangehouden, maar die kon hem maar een klein stuk meenemen. En al dat geld zat hem dwars, hij moest telkens de straat oversteken om jonge boefjes te ontwijken. Waanzin was het, de hele onderneming. Père Bruno had hem er mooi in geluisd. De washand schoot los – van het harde lopen. Acht mille gleed langs zijn dij, een paar honderd meter voor het station. Nog een geluk dat niemand hem daar met een bolle kont gebukt naar zijn geld zag graaien. Zijn bilnaad scheurde. Bij het opstaan moest hij zich aan een pui vasthouden. Een tweede hartpil. (Mocht niet, maar hielp wel – dacht ie.) De pil kroop in zijn benen, ze gehoorzaamden niet meer. Het laatste stuk was een martelgang.

Vertwijfeld stond hij achter een dranghek naar lucht te happen, de tank onder de klok draaide hem voor ogen. Het plein tegenover het station was afgezet. Geen idee wat hij moest doen. Naar huis, omdraaien? Maar een hand die zijn elleboog omklemde had een beter idee, een man in een zwart overhemd leidde hem naar een auto in een zijstraat. Koplampen lichtten op, een deur zwaaide open, hij moest instappen en hij zat nog niet of de auto reed met een vaart weg. Een aangename koelte kroop onder zijn hemd en het werd hem zwart voor ogen. Wat er daarna was gebeurd kreeg hij niet scherp. Vermoedelijk was hij flauwgevallen, ze reden in ieder geval niet meer in de stad toen hij besefte waar hij zich bevond: op de lederen achterbank van een geblindeerde airconditioned slee, aangegrijnsd door een scherp snorretje. Een beringde hand hield hem een bekertje water voor. Een andere hand dan de hand die hem in zijn duizeligheid had opgevangen. Of het al beter ging?

De snor, die camel jas... Mulder had dat smoel eerder gezien, op het plein tegenover de kerk. Het kon niet missen: hij zat naast de dierenbeul die zijn hond een trap had verkocht. En hij herkende de vreemde tongval, de stem die hem eerder door de telefoon afblafte. Het rokerige accent van een Albanees. Als dat tenminste de taal was die hij met het zwarte overhemd achter het stuur sprak.

Auto's toeterden voor en achter. Ze reden op de ringweg,

maakten zich los van het verkeer. Het leer kraakte, de slee deinde. Mulder had het geld uit zijn zakken gehaald – om beter te kunnen zitten en snel ter zake te komen – maar de Albanees vroeg hem het onmiddellijk weer weg te stoppen. Veel te onrustig buiten. Hij drukte zijn snor tegen de ruit. Wolmutsen, overal wolmutsen. Mulder keek ook naar buiten. Hoe kon die man iets zien door dat zonnebrillenglas? Diffuus lamplicht was het enige dat doordrong. Hoe dan ook: een mens was zijn leven niet veilig in de stad. De Albanees begreep niet waarom de politie geen orde op zaken stelde.

'Nog meer politie?'

De man zwoer erbij, zijn beste vrienden werkten er. Hij was niet tegen de wet, als meneer dat soms dacht. *Au contraire*: de wet bood juist mogelijkheden. En wie wilde de pater niet van dienst zijn? Gelovigen onder elkaar. Ja, hij – de Albanees – was een goed katholiek. Zette geen stap zonder God.

De motor fluisterde en de Albanees droomde hardop van zijn ideale samenleving. God droeg geen wollen muts. Al pratend kreeg de Albanees ineens twee snorren. Mulder knipperde met zijn ogen... Vier snorren. Harige woorden kropen in zijn mond. Hij was niet alleen duizelig maar ook wagenziek. De dot biljetten drukte op zijn maag.

Het raampje mocht niet open, maar de airco kon kouder, nog kouder. Ze reden in een iglo. Zijn ogen raakten gewend aan het donkere uitzicht, hij herkende vaag de lichtreclames op de hoge gebouwen, de lampen van het stadion dansten voorbij. Voor de tweede keer. Ze omcirkelden de stad, zoefden langs verlaten fabrieken en de airco zoog de stront op van de waterzuivering. IJskoude stront. Of was ie het zelf?

'Gelijk oversteken,' zei hij tussen twee boertjes door.

Maar de Albanees toonde geen haast, tikte met zijn hand op zijn binnenzak. Wilde meneer niet nóg een paspoort?

'Misschien, maar dan met korting.' Hij deed zich flinker voor dan hij zich voelde.

De Albanees lachte hem uit. Wist hij wel wat het kostte om een Nederlandse ambtenaar om te kopen? Het was eigenlijk veel te goedkoop.

De auto minderde vaart en reed de parkeerplaats van een McDonald's op. Vaste grond, maar de motor bleef lopen. In het schijnsel van gele frieten kwamen ze eindelijk tot zaken. Meneer Ngolo stond keurig op de foto. Met een breed gestrikte das en de zegen van Sint Maarten. De Albanees rook aan het verfomfaaide geld. De man in het zwarte overhemd moest het natellen.

Het was niet toegestaan een luchtje te scheppen, hoe hevig zijn maag ook opspeelde. De deur was vergrendeld en hij kon er niet uit.

'En voor wie is het tweede paspoort?' vroeg de Albanees. Toch niet nog weer zo'n...

Nog een boer ontsnapte en een gore wind. De hartpil verwijdde alle openingen. Zelfs zijn angst verslapte en hij vroeg heel sloom wat hij al aan het begin van de rit had willen vragen: 'Waarom hebt u mijn hond getrapt?'

'Hond?' De Albanees reageerde verbaasd. Hij was gek op dieren. Welke hond? Waar, wanneer... O, de hond van die wolmuts?

'Triple X.'

Zoiets ja. De klootzak had zich niet aan z'n afspraak gehouden. Als hij dat beest nog een keer zag schoot ie hem dood!

Mulder keek de snor ijskoud aan, zonder een woord te zeggen. Een gore gorgeling kroop op, niet binnen te houden. Hij kotste.

De Albanees kon geen Franse woorden voor zijn woede vinden. En wat ie zei, klonk weinig katholiek.

Het slot sprong open. Toen wel.

Net genoeg geld voor een taxi. Jammer, want hij had nog zo graag een fles perensap willen kopen om de terugkeer van Sri te vieren. Maar het was ook veel te laat, hij moest als een dief zijn eigen huis in sluipen. Op kousen de trap op – de hond blafte gelukkig niet. Sri was boven de keukentafel in slaap gevallen.

Wassen, tandenpoetsen, kotspak in een vuilniszak. Fris wekte hij haar, in z'n genopte zijden kamerjas. Ze keek hem verbaasd aan. Haar linkerhand lag op de stapel ongeopende post.

Hij hielp haar op, bracht haar naar zijn slaapkamer en wees haar op de schone lakens, de schone handdoeken, het schone washandje. Het bed rook naar lavendel. De hond zou haar in de hoek bewaken, op een schone deken, naast zijn speelpantoffel. Ze wensten elkaar welterusten. Zonder nachtzoen.

De hond piepte toen Mulder de kamer verliet. Sri liet zich op de rand van het bed ploffen. 'Wie is Mulder?' vroeg ze slaperig.

'Bankafschriften van de weldoener,' had ie gezegd.

De volgende morgen, na een slechte nacht op de bank, keken ze samen naar het journaal. Op de rand van het bed, allebei keurig aangekleed. Sri schrok van alle rellen, sloeg haar handen voor haar ogen. Voor Mulder viel een verwarrende avond juist in een paar seconden op zijn plaats. Het waren vertrouwde beelden. Zijn hart klopte weer naar behoren, hij nam zijn leven weer in beheer. Maar nóg durfde hij Sri niet de waarheid te vertellen. Hij was bang dat zijn echte naam de betovering van zijn liefde zou verbreken. Met Martin toonde hij immers zijn beter ik. Een beter ik dat trots het verworven paspoort liet zien.

Het stonk, vond Sri.

Monsieur Ngolo kon zijn nieuwe paspoort niet geloven. Chol Ngolo? Zo heette hij helemaal niet.

'Zo heeft de pater het opgegeven,' zei Mulder.

Diepe zuchten en een biecht: om niet traceerbaar te zijn tussen zoveel gevluchte landgenoten had Ngolo, of hoe hij in werkelijkheid ook heten mocht, bij aankomst in Frankrijk voor een veilige naam gekozen. Ngolo verraadde geen streek of geloof. Maar nu hij naar Canada zou emigreren, liep hij geen gevaar meer en wilde hij zijn eigen naam weer terug.

Het kostte Mulder heel wat moeite hem uit te leggen dat het er niets meer toe deed. 'Voortaan bent u de man in het paspoort. Een Antilliaan.'

Een Antilliaan? Wat was dat?

Mulder wees naar de muur waar Ngolo's zelfgetekende kaarten hingen. Een mooi ochtendlicht viel door het torenraam; Canada, zo groot als Noord-Amerika, baadde in de zon. 'Kijk, daaronder in de Caribische Zee liggen de Antillen.'

'Maar ik zou toch Nederlander worden?' vroeg Ngolo ongerust. Hij begreep er niets van.

'Vergeet het,' riep Mulder. Hij verrijkte Ngolo's kaart van Europa met een sliertje Nederland. Lag voor de helft onder de zeespiegel, dat moest ie weer wél onthouden. En de naam van de koningin. En de kroonprinses. Plus drie voetbalclubs. Naar die dingen wilden douaniers wel eens vragen. 'Polders, voetbal en koningshuis, daar haalt Holland internationaal de krant mee.'

Holland?

Zo heette het ook, ja. En nee, het was geen republiek. Niet meer. Nog niet.

De man wist niks. Aan aardrijkskunde was de missieschool nooit toegekomen. Maar Ngolo brandde van verlangen: hij ging sneeuw zien. En hij zag zich al in pelsjas door de vlaktes jagen, voortgetrokken door sledehonden, en als een ijsbeer vis uit wakken slaan. Misschien zou hij goud gaan zoeken. Met een pannetje gouden vlokken uit ijskoud water zeven. Canada zat goed in zijn hoofd, daar konden ze hem aan de grens van alles over vragen. Hij liet Mulder een boekje zien dat hij van een van de nonnen had gekregen. *Prière de neige*. Geïllustreerde herinneringen van een vrome verpleegster in het Klondike van de *Goldrush*. God hield je warm in de sneeuw.

Morgen zou Ngolo een visum voor Canada aanvragen. Van de pater had hij al afscheid genomen. Sinds de bezetting van zijn kerk was hij niet meer dezelfde. Père Bruno had zich ziek gemeld en het was de vraag of hij nog terugkwam. 'Allemaal mijn schuld,' zei monsieur Ngolo. 'Ik breng alles en iedereen in moeilijkheden. Eerst verjaag ik de hond, nu de pater.' Hij klapte zijn koffer open om de laatste spullen in te pakken.

De klok sloeg. Mulder dook nog net op tijd ineen, hoofd tussen de knieën, vingers tegen de oren. Twee geknede stukjes kaarsvet beefden op tafel. Ngolo's oorbeschermers, maar hij deed ze niet in.

Elf slagen. De wereldkaarten beefden.

'Charlotte zal ik missen,' zei monsieur Ngolo toen Mulder duizelig weer overeind kwam.

Wat?

'Charlotte!' Ngolo wees naar boven, hij wou met 'naakte oren' afscheid van haar nemen. En ook van de andere meisjes met wie hij de toren deelde: Henriette, Valérie, Pauline, Thérèse. Klokgeesten noemde hij ze. 'Hun klank zit nu in mij.'

Afscheid. Met tuitende oren. Was dat geen mooi moment? Ze omarmden elkaar.

'Waaraan heb ik het verdiend?' vroeg monsieur Ngolo.

'Wat?' schreeuwde Mulder.

'Mijn paspoort. Waarom hebt u het gedaan?'

Het duurde even voor het tot hem doordrong. 'Omdat u in mijn uitzicht woont.'

'Alleen daarom?'

'Ja, daarom.'

Buiten werd hij door de eenbenige bedelares opgewacht – prothese onder de ene, fles onder de andere arm. Of monsieur père Bruno had gezien? Het was donker in het biechthok, de hele kerk was donker en er brandden zoveel minder kaarsen. Al dagen had hij zich niet vertoond. De biechtelingen liepen verloren rond en erger: zij haalde geen cent meer op.

Was haar engel gevlogen?

Zijn naam. Mulder hoorde luid en duidelijk zijn naam toen hij de sleutel in het slot stak. Sri sprak tegen de hond, in haar eigen taal, onherkenbaar gezang, maar zijn naam sprong eruit: Mulderrr. Sri en hond zaten in de keuken en ontvingen hem koeltjes. De bovenbuurman was aan de deur geweest, hij had naar Mulder gevraagd. 'En dat ben jij,' zei Sri. Ze zwaaide met de bankafschriften: misschien had 'deze meneer' haar wat uit te leggen. Ze voelde zich bedrogen.

Inderdaad: hij was de weldoener. Excuses. Maar hij had zich voor die rol geschaamd, dat kon ze toch begrijpen?

Sri schaamde zich ook: ze was vertrouwelijk geweest met iemand die tegen haar had gejokt. Niet één keer, maar in elke brief, bij iedere ontmoeting.

'Om je te helpen,' zei Mulder.

Uit schuldgevoel, ja, had hij dat niet zelf gezegd? Vandaar zijn bewondering voor die Chinees, een man die de kunst verstond zonder geld te leven. Sri wilde niet zielig zijn opdat Mulderrr zich beter kon voelen, zij had ook haar trots. Boos draaide ze haar rug naar hem toe.

Onredelijk, vond Mulder. Maar nu hij dan eindelijk eerlijk tegen haar was, wilde hij ook verder open kaart spelen: hij gaf om haar. Haar geluk was ook zijn geluk. Was dat zo schandelijk?

Ze zweeg.

Hij kon haar een kamer helpen vinden, zei hij. Een veilige toekomst bieden, een paspoort en meer. Ze zou zich beter kunnen kleden.

Hoezo beter? Wat had Mulderrr – ze bleef maar spotten met die naam –, 'weldoener Mulder', tegen haar kleren?

'Ze staan zo goedkoop. Je bent meer waard.'

'Snob,' zei ze. 'Ik ben geen paspop voor jouw schuldgevoelens.' Sri had niemands hulp nodig. Het was een zwak moment geweest zijn gift te accepteren en die brieven te schrijven. 'Ik red mijzelf.' Desnoods sliep ze in een doos.

Ze moest nadenken. In stilte. Zonder een woord te zeggen verliet ze het appartement. Met de hond, de verrader.

Mulder ging ook naar buiten. De muren kwamen op hem af. Hij kon niet tegen ruzie en zeker niet met een vrouw. Zo kende hij Sri helemaal niet, zo bokkig en trots. Oké, hij was tactloos geweest… maar kon hij het helpen dat ie last van goeie smaak had? Hij liep verloren over het plein. In de war, opgejaagd. Geen mens op het caféterras die hij kende, geen ober die hem voorbij zag gaan. De kater bij de fontein rende voor hem weg. En toen hij een krant kocht bij de kiosk keek de verkoper hem verlegen aan. 'Waar is uw hond?' vroeg hij. 'Ik zag hem met een vrouw.'

De kerk lag er verlaten bij. De orgelstudenten lieten het ook afweten. Mulder wilde de pater spreken – specialist in klagende vrouwen. Goede raad kon hij best gebruiken en hij moest hem ook nog verslag uitbrengen van zijn dolle avond met de maffia. De dominicanen zouden wel weten waar hij zat.

Gewoon op zijn kamer, bleek. Krom en uitgeblust achter

de asbak. In z'n vrijetijdskleding. Père Bruno kwam al dagen niet meer buiten, hij was niet helemaal wel. Een appelflauwte. Trok wel weer bij. Even geen whisky meer. Thee. Liters. Om de kwaaie sappen uit te drijven. Hij was er net weer aan toe. De pater slofte naar de wastafel om de waterkoker te vullen, lekte op het uitgesleten paadje. Zo gedeukt had Mulder hem niet eerder gezien. Ze dronken thee uit whiskyglazen. Stroef vocht, ook na het derde glas zaten ze nog woordenzoekend tegenover elkaar. Ze wisselden nieuwtjes uit: de bisschop had Bruno tijdelijk rust voorgeschreven. Verplicht. Zijn medepastores vonden dat hij te ver was gegaan. Een priester moest voorbeeldig zijn, geen wetten overtreden. Zelfs zijn eigen abt liet hem vallen. De broeders hadden zijn whiskykast leeggehaald. En nu zat ie maar. Binnenskamers. Te niksen binnen de wet. Aardig dat Mulder even langskwam.

Helpen was niet eenvoudig. Mulder vertelde over zíjn probleem. Hoe mooi zou het niet zijn als hij Sri ergens onderdak kon bieden. Wist de pater iets? 'Nee,' zei hij bruusk. De torenkamer zou na Ngolo's vertrek worden afgesloten – bevel van hogerhand.

Ook geen kamer in een van de nonnenkloosters in de buurt? Stonden die niet halfleeg?

'Is ze katholiek?' vroeg Bruno.

Nee, boeddhist.

O, maar dan kon hij helemaal niks betekenen. Haar eigen mensen moesten haar maar opvangen.

'Hoezo? U bedoelt dat de armen de armen moeten helpen?'

Père Bruno was moe, had geen zin in discussie. Zo'n religieuze vrouwengemeenschap luisterde heel nauw. Er waren veel Aziatische nonnen en een huisgenoot uit dezelfde cultuur kon spanningen geven. Sri mocht misschien de vreedzaamheid zelve zijn, in een klooster was ze een stoorzender.

Mulder ontplofte: hij kon als ongelovige de rekening van Bruno's illegale transacties betalen maar een goudeerlijke, vrome boeddhist werd de deur gewezen.

'Dat is het hem juist: zij ís gelovig,' zei père Bruno.

'Wat wilt u nog meer!'

'Een ongelovige zoals u is een onbeschreven blad, een tabula rasa waarop God nog een kras kan achterlaten – als u Hem uw kwetsbaarheid zou durven tonen.' Een doorrookte vinger prikte naar Mulder. 'Dat is aan u. En zoals ik eerder zei: ik zal heus niet proberen uw ziel te redden. Wij hebben niets van elkaar te vrezen. Maar boeddhisten zijn gelovig. Alleen, zij geloven niet in God.'

'Allemaal angst,' zei Mulder. 'Angst voor verandering. Jullie houden de deur dicht omdat jullie bang zijn van jullie eigen benarde geloof te vallen.'

De pater stak een nieuwe sigaret op. 'En u bent niet bang?'

Ze waren uitgepraat. Mulder mocht zichzelf uitlaten.

Ruzie. Twee keer ruzie op één dag.

Mulder kwam laat thuis. Te lang op het terras blijven hangen. Hij had de chauvinistische praatjes van de obers aangehoord en was zo bang ook met hén ruzie te krijgen, dat hij ze allemaal iets te drinken had aangeboden en van het ene rondje kwam het andere. Zelfs de twee zusters die naast het uitgebrande kraakhuis woonden, schoven bij. Tijden niet gezien. Hoe het met de hond ging? En hij op zijn beurt vroeg naar hun gezondheid en de naweeën van de brand. Of het bij hen boven al verbouwd was, hoe het hun oude huurders verging en de zaken. Ze klaagden over de geur, over zwarte modder na regen, over het instortingsgevaar, en dat het maar niet wende elke dag langs die dichtgetimmerde ramen met treurig verschoten foto's en vergeelde brieven te moeten lopen. 'Elke dag zie ik een stad die niks doet,' zei de dappere zus die haar hand had verbrand en er nog altijd de sporen van droeg. Bureaucratische uitvluchten, gepolijste politieke praatjes, daar bleef het bij. Wist hij – monsieur Martin – dat niet één van de brandslachtoffers een beter onderkomen had gekregen? Ja, een paar weken in een hotel, maar daarna de grens over. Bijna al haar buren waren het land uit gestuurd, zelfs die met schoolgaande kinderen. Achteraf kwam die brand alle partijen prima uit. Het zou haar niks verbazen... Nee, dat mocht je niet denken als eerzaam burger. Ze maakte een vuist richting mairie. Roze vingers, vel op knappen, maar een vuist was het.

Reden voor een troostend glas – want boos kon je niet slapen. Daarna moest 'monsieur Martin' nog wat rechtzetten, de zusters en het terras behoorden tot de laatsten die hem nog zo noemden. Alle misverstanden de wereld uit: Mulder was de naam! Ach, dat vond het hele terras nou jammer. Waren zijn voorouders dan geen Fransen? Dus hij was een echte Bataaf? En zo wisten ze hem toch nog apart te zetten: vreemdeling was ie, en hij zou het altijd blijven. Ook dat gevoel moest Mulder wegdrinken. Maar hij liep kaarsrecht naar huis, meer op zijn hakken dan op zijn tenen, als een *garde républicain*. Zonder de ijzertjes onder zijn schoenen te laten tikken. Lukte alleen als ie bezopen was.

Het was stil binnen. De hond kwam slaperig groeten. Er lag een briefje van Sri op de keukentafel. Ze bedankte Mulder, wilde hem niet langer tot last zijn. Misschien had ze verwachtingen gewekt. Het speet haar. Haar laatste woorden vlekten. Tranen, of natte haren?

De ramen van de keuken waren beslagen. Sri had een bad genomen, zijn zeep gebruikt. Haar jurk lag op een kruk. Het nylonvod van Tati. Een vrouw die wegloopt laat altijd iets achter. Hij hing hem aan een hanger voor het badkamerraam. Een doorschijnende Sri. Een schaduw bij thuiskomst, net als het nachthemd van Cathérine. Maar nylon rook... zo anders.

Onder het tandenpoetsen zag hij twee gezichten in de spiegel. Welke man had Sri gezien? De briefschrijver die bij hun eerste ontmoeting zo kon zwijmelen – Nicolas Martin? Of een bange grijsaard met een hartkwaal – Mulder? De stem van de een had hij uitgebannen door eindelijk iets te doen. En de doener deed alles verkeerd. Welke beviel haar beter? Of hadden ze geen van beiden indruk gemaakt?

Hij probeerde anders naar zichzelf te kijken: zijn haar zat wilder, het krulde weer een beetje om zijn kale kruin – als vroeger. En al zag hij nu grauw, daaronder was hij bruin, van weken buitenlucht, en zijn buik was eraf gewandeld. Alleen zijn linkermondhoek hing wat sinds zijn laatste duizelingen. Sri had ook een kras achtergelaten.

De klokken luidden, de gipsen pruimen in het stucwerk van het plafond in de slaapkamer trilden, maar het snerpen van de telefoon maakte Mulder pas echt wakker. Met een houten hoofd nam hij op. Politie, de rechercheur zelf. Of Mulder onmiddellijk wilde langskomen. (Eindelijk zijn geheime telefoonnummer achterhaald – zie je wel dat hij indruk maakte.)

De rechercheur had de videobeelden van de rellen na de aanslag op de minister bestudeerd. En wat schetste zijn verbazing? Mulder liep weer in beeld. Waar rotzooi was liep monsieur Mulder. Toeval?

Hij moest weer wazige foto's bekijken. Triple X met en zonder wollen muts. En de Albanees met het scherpe snorretje. Huisbaas van het verbrande pand, handelaar in valse identiteitsbewijzen. Mulder herkende niemand.

'Ik zou u het liefst het land laten uitzetten,' zei de rechercheur, 'maar helaas, u hebt de verkeerde kleur.'

De jurk hing als een wenkend spook voor het badkamerraam. Maar Sri had nog niet aangebeld. Mulder wachtte en hoopte. Hij durfde nauwelijks de deur uit te gaan. De hond liep hem ongedurig voor de voeten, uit zijn doen van het lusteloos binnen hangen. En de zomer lokte zo. Rijpe geuren, pluizen om achteraan te rennen. De mat onder de keukentafel was zijn droomland nu. Hij knaagde hem stuk.

Verlangen bracht ongeluk. Verlangen maakte dingen kapot. Mulder wist het. Hij ruimde zijn huis op. Maakte stapeltjes, een nutteloze bezigheid waarmee hij zijn gedachten probeerde te ordenen, zette een kast in de was, dweilde de vloer. En bij elke emmer sop die hij wegspoelde, snoof hij aan de jurk.

De klok sloeg elf. Hij stond naakt voor het open raam, zoekend naar een stipje licht in de torens. Niemand die hem kon zien. Monsieur Ngolo was vertrokken – hij was vergeten hem reisgeld mee te geven. De stad was leeg, de huizen donker. Parijs was met vakantie. Geen sirenes, alleen een krolse kater en het klaterende water van de fontein, heel zacht, heel ver. Zo stil kon het zijn op een windstille zomernacht. Tot de klokken sloegen, de kloosters klepperden en twee dronkaards in een zijsteeg ruziemaakten. Hij kroop in bed – tussen de door haar beslapen lakens – en nam de geluiden in zijn dromen op. Hij vocht met de pater op het plein, aan de voet van de vierwindenfontein. De hond keek toe, en de gore kater die net een duif achter zijn kiezen had. De pater droeg zijn soutane en probeerde Mulder van zich af te schudden. Ze draaiden om elkaar heen – de soutane klokte als de jurk van een derwisj. Hun vechten leek dansen, een gestileerde worsteling. 'Laat me gaan,' riep de pater, 'het wordt al dag.'

Mulder klampte zich vast aan zijn knopen. 'Zegen mij!' riep hij.

De zon brak door. De pater rukte zich los. Mulder verloor zijn evenwicht, de knopen van de soutane krasten over zijn naakte vel.

'Ruik,' zei Mulder. De hond snoof zich vol nylon en ze gingen erop uit. Sri had niets meer van zich laten horen, het spoor was nu aan de hond.

Buiten trok zijn neus zonder aarzeling naar zwervers en bedelaars uit de buurt. Zou Sri werkelijk bij hen stil hebben gestaan? Luisterde zij ook naar de jongen die een uit karton geknipte gitaar bespeelde, waarop met grote letters *je suis fou* stond gekrast? Had ze net als Mulder haar schouders opgehaald bij de smoes van een grote neger die tien cent te kort kwam voor de treinreis naar zijn zieke moeder? At ze bij de soupe populaire? De hond speurde niet, hij zocht al zijn vieze oude vrienden op. Zijn staart zwiepte van geluk en gul als ie was, stelde hij Mulder meteen aan nieuwe buurtbewoners voor, zoals de krantenscheurder die het nieuws uit vuilniszakken viste, de rug krom van het lezen en zware tassen sjouwen. Een man met een geheugen voor de toekomst. Hij scheurde de Vierde Wereldoorlog uit. Kolommen ellende bewaarde hij in zijn zakken: artikelen over uitdijende woestijnen, over de tienduizenden die daarom hun grond moesten verlaten, over stijgende zeeën en drooggevallen rivieren, opstandige boeren en gekke moellahs met atoombommen.

De wereld in de war, de scheurder niet minder. Mulder

vroeg hem of hij soms een dame uit Sri Lanka op straat was tegengekomen, wie weet had hij haar in een van de daklozencentra gezien?

'Sri Lanka?' vroeg hij. 'Sri Lanka is een verloren zaak.' Burenruzies scheurde hij niet uit.

Poedels en schoothonden snoof de hond op, om bedwelmd van luxe weer met opgeheven neus de drek in te duiken. De vrouw met de rottende borsten viel evenmin te ontwijken. Kilo's afgevallen en een mond vol demonen die steeds meer bezit van haar hadden genomen. Ze zat vol vreemd leven. Voor haar eigen leven was nauwelijks nog plaats.

'Sri,' fluisterde Mulder, 'zoek Sri.' De hond keek hoopvol, maar was zo opgewonden van het buiten zijn dat hij na het besnuffelen van zijn vrienden als vanzelfsprekend zijn vertrouwde ronde liep. Hij sprong op de muur langs het park. Te lang hadden ze niet wang aan wang gelopen. De sokkel van de Maarschalk moest bepist en hij wachtte geduldig tot zijn baas de veldslagen weer op een rijtje had. De rituelen zaten in beider geheugen gegrift. Alzheimer won geen millimeter. Maar geen spoor van Srimathie. Uitgewist.

Halverwege de boulevard troffen ze de Chinees op een bank, in gesprek met drie obers die hem juist zijn lunch kwamen brengen – met de complimenten van de kok. De Chinees liet zich paaien. Kon niet kiezen. Bij het zien van Mulder wees hij alle drie af. 'Mijn secretaris,' riep hij. De obers konden gaan, zijn maag stond niet naar eten. Hij schudde Mulder hartelijk de hand. 'U hebt zich aan uw woord gehouden.'

'Hoezo?'

'U hebt aan mij gedacht.'

'Hoezo?'

'Ik kom karton te kort.'

'Hoezo?'

De Chinees vertelde hem over de ontmoeting met Sri. Ja, ze kwam zomaar aanlopen. Hielp hem zijn kar meeduwen, vouwde karton. 'Wat een sterke vrouw!' Eindelijk iemand die met hem meedacht. Hoe kon hij zijn secretaris bedanken. Dankzij Sri ging hij lichter door het leven. Geen gezeul meer met al die tassen.

Mulder keek om zich heen. Het karretje, waar was zijn karretje?

'Naar de reparateur. Ik krijg nieuwe wieltjes.' Ze stuurden te veel naar rechts. Na hun eerste wandeling stond de kar al op zijn kop. 'Kapotte kogellagers.' De Chinees kraaide het uit: 'Het is ook nog een technische vrouw!' Een die van aanpakken wist: ze had zijn hele hebben en houwen op het trottoir uitgespreid en alle overbodige rommel weggegooid.

Waar was ze nu?

'Met een fotograaf op stap. Ze willen mijn huizen fotograferen. Er slingeren er nog hier en daar. En ik moet nu heel veel nieuwe vouwen.' Gegiechel.

Ging het goed met Sri?

Goed, heel goed.

Had ze... Mulder durfde niet verder te vragen... Of ze een dak boven haar hoofd had, of het van karton was, of van steen.

In de velden bij het vliegveld was het lijk van een Afrikaan gevonden. De man moest uit een vliegtuig zijn gevallen – vermoedelijk een vluchteling, de politie had vervalste papieren op hem aangetroffen. Autopsie wees uit dat hij niet was doodgevroren, noch door het landingsgestel vermalen. Hij zou kort voor zijn val nog hebben geleefd. Een bijna volbrachte reis die eindigde in het Franse koren. Of was de man net opgestegen? Mulder las het bericht in de krant op het terras en scheurde het uit voor het mapje Vierde Wereldoorlog dat hij van plan was aan te leggen. Mapje Burenruzie kon ook. In zijn wijk werden de stellingen al ingenomen. Hij merkte het steeds meer tijdens zijn wandelingen. De donkere mensen keken weg. Kleuren meden elkaar op de trottoirs. Trainingspakjongens liepen expres tegen hem aan. De Arabische kruidenier groette hem nauwelijks nog in het voorbijgaan en toen hij er om het ijs te breken toch een paar boodschappen deed, werd hij met zoveel minachting behandeld dat hij besloot er niet meer langs te gaan.

De stad viel uiteen.

'Buk eens,' zei de dokter, 'en nu hoofd omhoog, op uw rechterbeen, nee, andere rechterbeen... en evenwicht houden. Ogen dicht, rechtervinger naar de neus brengen.' Mulder haalde altijd links en rechts door elkaar, dus dat hij een verkeerde vinger uitstak leek normaal, maar hij kon zijn neus niet vinden en kwam bij zijn oorlel uit. De dokter keek zorgelijk. Die mond, hing die altijd zo? Misschien was er een adertje dichtgeslibd of gesprongen. 'Maar laat ik voorzichtig zijn, het is mijn terrein niet. Ik zal u onmiddellijk naar een goede vriend doorsturen.' Hij bestudeerde het etiket van Mulders hartpillen. 'Hoe komt u hier aan?'

'Is me in Holland voorgeschreven.'

'En nooit een behoorlijke Franse cardioloog geraadpleegd? Volgens mij slikken we dit hier al jaren niet meer.'

Mulder maakte flauwe grapjes over Frankrijk als het meeste medicijnen slikkende land ter wereld, maar eigenlijk schaamde hij zich voor dit bezoek; hij vermorste dure specialistentijd, omdat hij jaren meende het zonder huisarts af te kunnen. En nu hij er een nodig had, wist hij niet wie hij uit de gele gids moest kiezen. De dokter van Fanta was de enige die hij kende, dus had hij hem voor advies gebeld. Met de hond als introductie ('beter dan een videohelm') kon hij, buiten het spreekuur om, direct langskomen. Het trof zelfs, de dokter wilde namelijk ook iets met Mulder bespreken: Fanta. Ze ging vooruit, nog een week en ze mocht het ziekenhuis verlaten. En ook haar toekomst in Frankrijk kon worden geregeld en dat was noodzakelijk want haar wachtten nog vele operaties. Een van haar tantes zou haar adopteren; school en ziekenhuis hielpen daarbij. Maar Fanta had heel veel verloren in haar jonge leven. Er moest een plan worden gemaakt.

Het was een slim meisje, zei de dokter. Maar zo eenzaam. En het zou met haar verminkingen op school niet makkelijk worden. Misschien mocht ze, als ze straks weer naar buiten ging, zo nu en dan de hond uitlaten. Beweging was noodzakelijk. Mulders ogen dwaalden naar de kindertekeningen aan de muur. Een brandend huis, monsters, een bloemenwei – geschenken van patiëntjes. Hij zat op de rand van de behandeltafel, in zijn blote bast met grijs krullend borsthaar, en hij rilde van die doktersstem die zo gewend was kinderen troostend toe te spreken. Ja, Fanta verlangde naar een kameraadje. En hoe mooi zou het niet zijn als de hond... Die dame was langs geweest, hoe heette ze ook alweer?

Sri.

Madame Srimathie Ramdunu, ja, zij suggereerde ook zoiets. Ze had zijn naam genoemd. Hij was werkelijk goed voor haar geweest, een weldoener

Mulder luisterde maar half. Goed. Het woord dat hem zich zo slecht deed voelen. En hij kende de vraag al voor hij werd gesteld. Hij zag zijn hond, zijn prachtige hond, wandelend naast Fanta. Ze schuifelde. De hond was haar looprek. Ze viel hem om de hals. Hond in de bloemenwei. Hij trok haar voort. Ze liepen steeds harder, renden voor hem uit. Zonder om te kijken.

'We hadden weinig woorden nodig om aardig voor elkaar te zijn. Jij vermeed de pijnlijke vragen en ik vertelde niets, om geen vragen uit te lokken. Dus zwegen we. En in die stiltes heb je mij verzonnen...' Zo begon de brief van Sri die Mulder na het bezoek aan de dokter op de gangmat vond. In rustig handschrift, op papier dat naar karton rook: 'Maar nu wordt het toch tijd om mijn zwijgen te doorbreken en mij beter aan je voor te stellen. Ik leefde ook al vóór de brand. Mijn man en ik gaven les op dezelfde lagere school en we waren de gelukkige ouders van twee knappe dochters. Onze idealen brachten ons naar een armoedig vissersdorp aan de oostkust van Sri Lanka; we woonden aan de weg langs het strand en op het achterland bezaten we een kleine akker die we na schooltijd bewerkten. Bukkend en trots. Op de zondag van de vloed waren mijn man en ik al vroeg op het land, voor de hitte kwam, voor de regens. De kinderen speelden thuis. We zagen de golven en wilden terugkeren, maar ons dorp was verdwenen. Geen spoor van de weg, van ons huis, van onze dochters. Na twee dagen vonden we de oudste, gevouwen om een palmboom, ruim honderd meter landinwaarts. Alsof ze ons had gezocht. Ze braakte modder toen ik haar levenloze lichaam tegen me aandrukte. Haar zusje hebben we nooit meer gezien.'

De klok sloeg elf uur, de duiven vluchtten voor het gedender en Mulder schonk zich een glas wijn in, om zijn sentiment weg te spoelen. Het was veel te vroeg voor drank, maar hij nam een voorschot op een alcoholloze toekomst – als er nog een toekomst voor hem was. Hij wist zich geen raad met deze brief. Wat moest Sri van hem, waar wilde ze heen? Hem week maken? Moest hij zich nog slechter voelen? Nou, dat zou haar niet lukken. Even dreigde hij de brief te verfrommelen, het papier kraakte al – de hond sprong op: een bal, een bal, een papieren bal – maar dat ging Mulder toch te ver en hij las het laatste vel zachtjes voor: 'Ging ons kind op in het land, of op in de zee? Liepen we over haar? Zwommen we in haar? We zochten troost maar konden die niet vinden. Het was een straf, zeiden de monniken in de tempel. De omgang met westerse toeristen zou onze tradities hebben gecorrumpeerd, het bloot op de stranden had onze zeden bedorven. We moesten ons afkeren van goedbedoelde maar ondermijnende hulp. De vloed vernietigde bezit, nam onze geliefden weg, maar ook het weefsel van onze gemeenschap scheurde en misschien was dat wel het allerergste. We wantrouwden elkaar.

Franse hulpverleners bouwden een nieuwe school voor ons. Wel een school, maar geen boten voor de vissers. Kinderen leren slecht op lege magen en de lokalen waren te groot, de helft van de leerlingen keerde niet terug. Ze bouwden ook een nieuw huis voor ons naast de school. Collega's draaiden ons jaloers de rug toe. In de stemmen op het speelplein hoorde ik de stemmen van mijn kinderen. Ik stortte in. Een Franse familie bood ons een vakantie aan. We kwamen voor tien dagen naar Versailles en besloten in Europa te blijven. Een onverantwoorde daad, maar nadenken viel ons toen zwaar. We doken onder, want we hadden het vertrouwen van deze mensen geschonden. Maar we konden niet terug naar een eiland dat onze kinderen had opgeslokt. Vergeten wilden we. Weg van de dood, van geweld en afgunst.

Na het water kwam het vuur dat mijn man verkoolde. Zijn lichaam zag zo zwart als de modder in de mond van mijn oudste dochter. Ik ben hem een keer gaan opzoeken in het mortuarium. Lade 271. Hij dampte als een diepvriesmaaltijd die je uit het koelvak haalt, als regen na de hitte op onze vruchtbare akker. Ik zal je er altijd dankbaar voor blijven dat je het mogelijk hebt gemaakt zijn lichaam terug naar zijn land te sturen opdat zijn as in het water kon opgaan.'

Mulder legde de brief op de keukentafel. De hond krabde tegen zijn knie en keek hem met scheve kop aan... Meer? Had meneer niet genoeg gehoord? Mulder schoof zijn stoel naar achteren, stond op en trapte hem per ongeluk in het voorbijgaan op zijn poot. Met zijn ijzertjes. Hij ging op zijn knieën, jammerde even luid mee, maar de hond rukte zich los en wou niks meer van hem weten.

Een geslagen hond hinkte over het parket. Een schuldig getik. Wat Mulder ook deed, waar hij ook zat, het bleef hem achtervolgen. Gek werd hij ervan. Troost, brokken, niets hielp. Hij wilde zelfs niet mee naar buiten. Meneer was te zielig. Dan maar alleen de kleffe stad in. Naar een airconditioned bioscoop, liefst een waarin ze mekaar allemaal afmaakten. Hij was niet week.

Het was druk op straat. De scholen waren weer begonnen, de eerstejaars verkenden de stad, het parlement kwam bijeen en de sirenes loeiden weer. Maar de zomer hield aan, stinkender dan ooit, de kakkerlakken paradeerden in de goten en Mulder vertrapte ze met opzet. Hij genoot van het geknisper onder zijn zolen. Het zinderde in het centrum, er hing een rellerige sfeer, een enkel café timmerde luiken voor de ramen. Hij had de laatste dagen rust gehouden en de kranten gemist, nauwelijks televisie gekeken, maar na een paar straten zag hij al dat de oude stellingen weer waren ingenomen: de relschoppers vlokten samen op de pleinen en op ieder kruispunt stonden politiebusjes, waterkanonnen tankten bij de kade. De krantenkoppen in de kiosken spraken dreigende taal. Geen dag om in een donkere bioscoop spanning op te zoeken. De film draaide buiten en Mulder liep in beeld. Demonstranten hadden de gietijzeren roosters om de bomen losgewrikt en in de voorruiten van auto's geplant – híj sprong over de omwoelde aarde. Het vuilnis werd niet opgehaald, de zakken lagen opengeknaagd tegen de gevels, brieven, maandverband, sinaasappelschillen puilden naar buiten – híj banjerde er dwars doorheen, snoof de stank op van gebarsten darmen. Verfbommen dropen langs de gevels, uitingen van stomme woede, baldadigheid zonder zin maar niet meer in te dammen. De trottoirs plakten van de verfsporen – ook híj liet stappen achter. Sprong in andere voeten, in de ribbelzolen van politielaarzen, tot hij op een dranghek stootte en recht in de plastic vizieren van geharnaste agenten keek. Boze ogen die hem bang maakten. Vuisten om knuppels en gekromde ellebogen achter doorzichtige schilden, maar hij liep er niet van weg. Een vreemde kracht trok door hem heen, een energie, een ongekende drift.

Hij speelde de hoofdrol, maar niemand zag hem staan. De agenten wachtten, helm aan helm, uitgeput en afgebeuld. De leren pistoolholsters glansden op hun heupen. Mulder wreef zijn rechterhand soepel, zijn vingers jeukten. Eén ruk, een rake greep in het voorbijgaan... vinger aan de trekker, en dan *en plein public* een kogel door je kop. Mooie echo. Op klaarlichte dag. Een betere pil bestond er niet.

Nee, nee. Andere regie, nieuwe *take*: pistool grijpen en naar de overkant rennen. En snel! Spring tussen de rijdende auto's door, als een gangster. Richting arcade. Agenten zetten achtervolging in. Fluitjes, schoten in de lucht. Toeristen in verwarring. Gewoel om de glazen piramide. Ga schuifelend op in het gedrang, sluit je aan bij de rijen voor de kassa's. Langzaam. Langzaam. Kijk ze zoeken, die agenten, klossend in hun harnas. Ivanhoe in paniek. Knoop een praatje aan met een willekeurige toerist, leen een plattegrond, buig voorover, neus op het stratenplan, kippig kijken. Het pistool zit in je binnenzak. Knopen los. Kaartje kopen en dan aansluiten bij een bus Chinezen en giechelend door de detectiepoortjes. Geen piep. Geen zwaailicht. Grote groepen mogen sneller door.

Een stille zaal opzoeken... De oase van Mesopotamië, waar het parket zo kraakt. De paleizen in, Assyrische binnenhoven, uitgestorven, zelfs geen jonge Arabier die zich aan de glorie van zijn voorouders komt spiegelen. Spiegelen? Het stof sluiert de vitrines. Blaas het weg en vergaap je aan heilige geschriften, eeuwenoude tapijten – miljoenen knoopjes kinderleed – vazen waar je een lijk in kwijt kan.

Vooruit. Waarom geen holle bolle vaas? Eén kogel is voldoende. Mooie klap. Maar raakt het, een zootje scherven?

Cinema! Knallen moet het. Op naar de roem. Royalty. Ren de trappen op (voorzichtig, het pistool klopt op de borst), vaart minderen en tegen de stroom in lopen. Buig voor Goya en Velazquez... zij hebben het rijk alleen. Niet lang helaas,

een groep Spanjaarden komt hen bezoeken. Ze kijken naar zichzelf zonder het te zien: dames met hetzelfde hoge voorhoofd als de geportretteerde prinsessen, heren met koninklijke kinnebakken. Nobele trekken, doorgesijpeld naar het volk. Geen kogel waard.

Ruimte moet je hebben. Afstand. Armslag.

Nog een trap op. Twee gangen door. Een grens over: *l'École nordique*. Wat een stilte. Haal de pal van het pistool over – op de tast. Klinkt als een knal.

Niet in paniek raken. Angst maakt scherp. Kijken en kiezen. Daar, de Hollandse zaal. Vermeer, Frans Hals. Tien, twaalf Rembrandts. Beroemde portretten. Niemand te zien. Zelfs de camera kijkt niet mee. Schaar je onder de grote meesters, voel hun aanwezigheid. De jonge Rembrandt kijkt je recht in de ogen. Maar zo bedroefd, alsof ie weet wat hem te wachten staat.

Pas op: ontwijk zijn blik. Afwenden. Doorlopen. Oren dicht en zakelijk blijven: geen oogcontact meer, op kleding concentreren. Hoed, sokken... een kanten kraag! Er loopt een straaltje langs het pistool. Zweet. Loop een rondje om af te koelen. Waar is de bewaking? Eten. Tussen een en drie zit Parijs aan tafel. Goed getimed – lunchtijd is de beste tijd.

Oké. Nu komt het erop aan. Niet Rembrandt zelf, die heeft het al moeilijk genoeg. Kijk, twee lijsten verderop zit Bathséba. Net uit het bad gestapt, brief in de hand. Een onleesbare brief. Die brief kan de kogel krijgen. Eén schot en wegwezen. Het is niet de bedoeling de volgende morgen zelf met je portret in de kranten te staan.

Uiterlijk! Bijna vergeten: veel te opvallend jasje. Een geel ruitje met groenleren bies langs de zakken zullen de mensen onthouden. Dus na de knal jasje binnenstebuiten en los over de arm. Het is ook beter om uit de binnenzak te schieten, dwars door de stof heen. Uit het hart.

Nog één keer rondlopen. De kust is vrij. Mikken. Bathséba. Bathséba. Zo zacht is haar vlees, haar knie, zo razend zacht. Zie haar rillen, hunkerend naar een jurk. Nee, niet aankijken. Ze lijkt op niemand. Verlos haar alleen van een brief.

Jasje uit, rafels naar binnen gevouwen, en onschuldig weglopen. Het alarm gaat af. Suppoosten rennen voorbij. Verbaasd omkijken. Een paar uur later zal een van hen op het journaal beweren dat hij een minuut daarvoor nog in de zaal was. De leugenaar. Twee zalen verder je bij een groepje geschrokken toeristen voegen, buiten adem over je hart klagen, voor iedereen zichtbaar een pil innemen.

Mannen met walkietalkies. Nu weer voort, richting uitgang – de kortste weg. Schud onderwijl veelvuldig het hoofd: in wat voor wereld leven we – die blik.

De journaallezer zal vertellen dat er twee uur lang geen mens in of uit het museum mocht. Alle uitgangen geblokkeerd. Namen noteren, dertienduizend bezoekers op de politiefoto – onder wie vijf bussen Chinezen. Wel een beetje laat: een halfuur na de aanslag.

Mulder stond al die tijd buiten, voor het dranghek met makke agenten. Geen speler was van zijn plaats geweken.

Fin. The End.

De ster bekeek zichzelf in de spiegelende vensterruiten. Een vredige man stond daar, vredig vanbuiten, in een geel geruit jasje met groene biezen langs de zakken, heel landelijk, heel vredig.

Wat een geluk. De Chinees bestond. Hij had een naam, een geboorteplaats, een diploma. Sri had een schimmelig vod in een van zijn tassen gevonden. De man zonder papieren was verpleger. Opgeleid in het beste ziekenhuis van de stad. Het stond er zwart op wit. En ze was meteen navraag gaan doen. Hij zat nog in het archief.

Sri was buiten adem van opwinding. 'Weet je hoe hij heet? Lá Thu!'

Mulder knikte welwillend. Een prachtige Vietnamese naam, vond Sri: Lá Thu... Vallend Herfstblad. Boers en verheven, aarde en lucht in één naam.

Er víél ook een blad toen ze het Mulder vertelde – de droogte bracht een vroege herfst in de stad. Hij zag het jonge geluk zomaar zitten, aan de rand van de vierwindenfontein. Sri probeerde de kater met kliekjes te lokken, in de hoop hem zo van de duiven af te houden – ook hier greep ze in, op haar oude plein. Mulder stond onwennig tegenover haar, al dagen vermeed hij het deel van de boulevard waar de Chinees resideerde, niet om hem, maar om Sri te ontlopen.

'Mijn secretaris, mijn goede secretaris.' De Chinees sloeg hem dankbaar op de schouders. Ja, zijn leven was veranderd: geen plastic zakken meer om zijn voeten, maar behoorlijke schoenen, een schoon overhemd, geknipte nagels. Een hele meneer. Al moest hij erg wennen aan zijn naam: sinds de dood van zijn moeder had niemand hem meer zo genoemd. En nu had hij ook nog een nummer gekregen. Sri vond meer vergeten leven in zijn tassen: een spaarbankboekje. Twaalf jaar niet aangeraakt. Ze was al bij de bank langs geweest: 'Opgeheven.'

Doodverklaard, afgeboekt... Sri sprak over geld. De Chinees schudde lachend het hoofd.

Mulder liep een eind met ze op. Sri duwde de winkelkar alsof het haar baby was. De nieuwe wieltjes zwierden, de platgeslagen dozen lagen keurig op rij. De hond dartelde voor hen uit, geen spoor van mankheid meer, blij dat hij zijn vrienden weer had verenigd.

Sri zag er goed uit, gestreken blouse, gewassen haar, ze rook alleen een beetje naar karton. 'Hoe doe je dat?' vroeg Mulder. 'Hoe stap je zo fris uit een doos?'

Ze ging er niet op in. De administrateur in het ziekenhuis had haar gezegd dat Lá Thu recht op een paspoort had, maar dat de weg naar het burgerschap lang en ingewikkeld was.

'Als jullie trouwen kan ook jij Française worden,' zei Mulder. Sri keek hem verbaasd aan. Daar had ze nog niet aan gedacht. Ze was in de rouw en verrichtte positieve daden als tegenkracht: andere zwervers helpen, wonden verzorgen,

nog meer karretjes repareren. En de straat toonde zich dankbaar, een mevrouw had haar gevraagd twee keer in de week te komen strijken. Ze verdiende er genoeg mee en mocht zich er ook wassen. Nee, haar toekomst lag niet op straat, Mulder hoefde zich geen zorgen te maken. Ze hervond haar evenwicht en zelfs een beetje geluk.

Ze spraken nog over Fanta en daarna gingen ze uiteen. Er moesten nog dozen gehaald, huizen gevouwen, nieuwe vormen bedacht. Lá Thu straalde. Geluk was eenvoudig.

De eerste kastanjes ploften op het plein. En ook Mulder liet de dingen los. Hij had Fanta gebeld, haar een sleutel van zijn huis beloofd, ze mocht de hond halen en brengen wanneer ze maar wilde.

Ze kwam dezelfde dag nog, met een hoofddoek om, toegedekt in lange broek en blouse met lange mouwen. Ze knielde voor de hond en haar vingers kroelden door zijn vacht. De hond liet het zich welgevallen, sprong niet tegen haar op, alsof hij rook dat haar huid nog te teer was voor liefkozingen. Fanta onderzocht zijn littekens als een dokter, vooral het wildvlees op zijn staart, nog rood en schilferig van het openbijten. Nadat ze uitgeplozen was, verkende de hond de roze vlekken op haar handen en likte het samengetrokken vel achter haar vleermuisoor. Ze omhelsde hem lang en ernstig. 'We horen bij elkaar,' zei ze toen ze opstond. 'We zijn allebei vuurdragers.'

Hun eerste wandeling leek uren te duren, toch waren ze alleen even naar hun oude huis gelopen. Geheel tegen Fanta's zin, maar de hond trok haar die richting in en er was geen tegenhouden aan. Ze was even heel bang geweest, pas toen ze aan haar moeder dacht, werd ze weer rustig. Er waren verfbommen tegen de gevel gegooid en leuzen op de dichtgetimmerde ramen gekladderd. De buren kwamen nog naar buiten, de twee zusters. Ze mocht binnenkort in hun meubelwinkel een bureau uitzoeken, voor haar nieuwe kamer. Iedereen was onverwacht aardig. Op de terugweg hielden oude buurtbewoners haar staande en vroegen of de hond nu van haar was. 'Zo grappig.'

De hond draaide zenuwachtige rondjes in de hal toen Fanta hem achterliet. Moest ie nou mee of niet? Die avond wilde hij nauwelijks eten en in bed kroop hij dicht tegen Mulder aan. Ook zocht hij zijn hand als ze samen wandelden, bedelde om een aai, gaf een lik, zoals in hun eerste dagen. Maar het was geen kennismaking meer, ze namen afscheid. En zo liepen ze hun vertrouwde parcours. Ze bukten samen nog eenmaal voor de zieke zwerfster, die een toevluchtsoord onder de arcaden van het postkantoor had gevonden, half toegedekt door drie aaneengevlochten dozen: een bouwsel van de Chinees – Mulder herkende zijn hand. (En de zorgende hand van Sri.) De zwerfster wilde haar hemd voor hem optrekken, maar Mulder keek van haar weg. Ze smeekte hem met gebroken stem en ze liet hem twee rode ritsen zien. Ze was naar een ziekenhuis gebracht, tegen haar wil, en ze hadden niet alleen haar beide borsten geamputeerd maar ook al haar tanden en kiezen getrokken. 'Nu ben ik ook mijn glimlach kwijt,' zei ze. De doktoren wilden haar niet meer laten gaan, maar ze was kwaad uit het ziekenhuis weggelopen, ze stikte tussen al die muren. De hond likte haar gezicht – zijn vertrouwde groet.

Een paar dagen later werd ze dood op straat gevonden. De obers vertelden het hem.

Ze zochten naar de eenbenige bedelares, die na het vertrek van père Bruno van haar vaste plek bij de kerk was verjaagd. Ze troffen haar naast de winkel van Monsieur Ed, een plastic zak van de zaak om de kunstschoen van haar prothese – *le dernier cri* onder zwervers. Ook zij werd afgelikt.

De vaste plekken kregen hun sprenkelbeurt, zelfs de wieldoppen van de laatste politiebussen. De dranghekken verdwenen een voor een, het vuilnis werd weer opgehaald, glaszetters droegen nieuwe ruiten aan. Trottoirs en gebouwen werden schoongepoetst. De rellen in het centrum waren doodgebloed, niemand wist nog precies waarvoor gevochten was, alleen in de buitenwijken bleven auto's fikken.

Na een week liepen Mulder en Fanta samen door het park. De hond wou het zo. Het was een mooie middag, lichtbewolkt, met vlagen zachte regen – het weer dat haar huid goed kon verdragen. Fanta had haar hoofddoek afgedaan en gaf haar littekens de vrije lucht. De hond sprong op de buitenmuur en liep braaf naast haar, een kop boven haar uit. Ze keek om en zwaaide naar Mulder, ingelijst door een buik en hoge poten. De hond deed haar zichtbaar goed, zijn schoonheid straalde af op Fanta, ze lachte zo mooi in dat milde licht en alle weerzin voor haar verminking verdween.

Fanta probeerde een nieuwe riem uit die ze van haar pleegouders had gekregen, een plastic ding met ingebouwde katrol. De hond kon nu meters vrij lopen. Hij sprong de muur af, draaide dolle rondjes en verstrikte zijn poten in het nylontouw. Er viel een kleine bui en ze schuilden onder geschoren bomen. Een lage regenboog dampte boven het gras. Fanta verloste de hond en ontdeed hem van zijn riem. Hij rende voor hen uit, sprong op, hapte naar een zwevend blad en stond plotseling stil in een prisma van licht. Zijn pluimstaart gloeide rood in de regenboog. Hij schrok, alsof ie zich brandde.

Die middag gaf Mulder zijn hond weg, met zijn kussensloop, om hem zijn geur te gunnen die eerste vreemde dagen.

De tijd was weg, al sloegen de klokken. De uren bleven leeg. De kamers. Geen stoel bezet, één bord in het droogrek. Er zaten kringen in de keukenvloer, waar voer- en waterbak hadden gestaan. Duiven koerden op de vensterbank, ze werden niet verjaagd. De leren riem hing aan de kapstok. Jassen wachtten, schoenen. Maar de drang om uit te gaan ontbrak. Er zat geen ritme meer in de dagen.

Geen haren op de dekens. Geen warme asem in zijn nek. Nachten lag hij wakker. Spijt tot aan de zoldering. En het licht leek kouder als hij de luiken 's morgens opende. De muziek van nagels op parket ontbrak. De blaf om brokken. De tijd was weg.

De hond had hem nooit behoord. Hij was maar tijdelijk

geweest, een pion in overspel. Een luxe.

'Hoe is het leven met een kind?' vroeg hij hardop onder het scheren. (Terwijl de kraan luid stroomde en hij zijn eigen stem nauwelijks kon horen.) En hij keek of de hond achter hem stond, maar ook de spiegel was leger. 'Ben je gelukkig? Nee? Smaakt het eten niet? Mij ook niet. Ik eet alleen in restaurants en kan de kaaskorstjes niet kwijt. Jij eet niet buiten de deur, moet vroeg naar bed. Waar slaap je nu? Mag je wel op bed? Droom je van mij? Droom je dat ik met een ander ben, zoals jij?'

De dag na de lijken zaten ze aan tafel.

'Hoeveel zijn er nu aangespoeld?'

'Al over de honderd,' zei père Bruno, 'ze zijn nog aan het tellen.'

'En weten ze iets meer over het schip?' vroeg Mulder.

'Geen nationaliteit, niks. Het is een spookschip, zwierf al weken over de Middellandse Zee, zonder brandstof, water, voedsel.' De pater legde de krant met het laatste nieuws naast zijn bord, zojuist op weg naar het restaurant gekocht en nauwelijks gelezen. Na een macabere vondst langs de stranden had de Italiaanse kustwacht een schip geënterd en een drijvend sterfhuis aangetroffen: halflevenden lagen naast rottende lijken, de opvarenden waren te uitgeput om hun laatste doden overboord te gooien. Vluchtelingen uit Somalië en Sudan, dat stond nu vast.

'Politieke vluchtelingen?' vroeg Mulder.

Nee, de droogte. Mensen die hun land verlieten omdat de woestijn in hun dorp oprukt, het vee niks meer te grazen heeft. 'Hier lees zelf maar.'

De pater schoof Mulder de krant toe. Zijn ogen sprongen langs de koppen: Wanhopige daad van wanhopige mensen. Minstens tienduizend soldaten nodig om Europese kusten te bewaken. 'Ander onderwerp,' verzuchtte Mulder.

'Wie begon?' vroeg père Bruno en hij had gelijk. De eerste journaalbeelden van het lijkenschip waren nauwelijks uitgezonden of Mulder hing aan de lijn. Ontwend als ie was alleen naar het journaal te kijken, móést hij zijn afschuw met iemand delen. De pater had geen televisie maar was blij zijn stem te horen. Ze maakten wederzijds excuses, spraken over Ngolo, die nog niks van zich had laten horen, en over de bisschop. Nee, de pater keerde niet meer naar zijn kerk terug, hij was met vervroegd pensioen gestuurd. Te veel vragen voor een telefoongesprek. En daarom zaten ze tegenover elkaar. In de brasserie, een verzoeningsdiner.

Mulder hoopte op een tafel in le paradis, maar bij het zien van père Bruno in slobbertrui stuurde de gerant hen zonder pardon naar l'enfer, boven, tussen de toeristen. Daar hielp geen dure champagne aan. Misschien was het ook maar beter zo, want toen ze beneden in de rij voor de reserveringen stonden te wachten, tussen de beau monde en de haute volée, zweette de pater het uit. 'Ik hoor hier niet,' fluisterde hij. Het ouwe liedje. 'Hoezo?' vroeg Mulder. 'Kijk, daar onder de spiegels zitten sterren die ik in uw kerk bij de begrafenis zag. U hoort hier wel. En dat opgedirkte stel aan de overkant, Albanezen, denkt u niet? Geniet, ik neem u mee uit.'

In de hel zat père Bruno rustiger. Met uitzicht op glunderende Amerikanen en een trapgat waar zwoegende obers in opklommen en afdaalden. Gele zeeën île flottante deinden op de dienbladen, onder spek en worst bedolven zuurkool, druipende schalen fruits de mer en crème brûlée – de toetjes en schotels die de reisgidsen aanbevalen.

'De omgang met de rijken ging me nooit goed af, hoezeer ik hun geld ook nodig had,' zei de pater. 'Gepoederde zonden, elegante zielen, geef mij maar de ongewassen zonden van de armen.'

Mulder rook zijn woorden. De wijn, dacht hij aanvankelijk, maar nee, de pater had kurk. Hij stonk – knoflook, tabak – de hondenbeet op zijn hand was ontstoken en hij schilferde: weken scheerzeep klonterde achter zijn oren, zijn trui was een asbak. Alsof hij door zijn lichaam te verwaarlozen het lijden van de mensheid op zich wou nemen.

Père Bruno keek zuinig naar de kaart... Slechte gezondheid, het meeste mocht hij niet. Hart. Ja, hij ook. Het was een rare spier.

'Gelovigen leven langer,' zei Mulder, 'hebben ze net onderzocht. Kom, laten we zondigen.'

Ze bestelden alles wat de dokters hun verboden hadden.

'Vindt u het erg als ik voor mijn eten bid?' vroeg Bruno.

Mulder keek om zich heen.

'Ik doe het zachtjes.' Bruno ging voor in gebed. De oude formules, maar hij deed ook een goed woord voor Ngolo. En voor Fanta. En voor alle slachtoffers van de brand, de doden en de levenden. De brand die hen tot elkaar had gebracht.

De pater smeerde somber een klodder foie gras op zijn toast. De wereld stond er slecht voor, vond hij, en het kwam voorlopig niet meer goed. De westerse beschaving had gefaald omdat de ruggengraat van godsdienst ontbrak. God was verdwenen in de zondagse file. Het Westen kon geen voorbeeld meer geven, omdat het geen voorbeeld meer had, alleen het eigenbelang telde nog. 'We hebben richting nodig, een leidend principe: caritas.' Père Bruno zette zijn preekstem op: 'Nu blijven nog geloof, hoop en liefde. Maar de grootste van deze is de liefde.'

'De liefde van paters en nonnen?' vroeg Mulder.

'Niet de hormonale liefde, maar de liefde voor de mens. Een simpel voorschrift.'

Mulder verloor zijn geduld. 'Ik ken uw boetepreek: bloed en rampspoed over ons. We moeten beter delen, zo niet dan gaan we aan ons egoïsme ten onder. De rekening is al onderweg... Maar hebzucht bid je niet weg, het zit in onze genen en niet voor niets. Door hebzucht raken we steeds meer met elkaar verbonden, of we het willen of niet. Mondialisering is een gevolg van onze hebzucht en niet meer stop te zetten. De hele wereld kijkt nu al naar dezelfde soap. De vooruitgang kneedt ons allen in dezelfde mal. Allemaal een chip in onze schedel om ons geestelijk en lichamelijk fit te houden voor de plagen van een overvolle aarde. Stap voor stap op weg naar de elektronische mens.'

De château Margeaux mocht iets meer lucht. Maar er kwam geen ober om hem te decanteren.

'U spot,' zei de pater.

'Ik? O nee, niet meer, dat heb ik afgeleerd. Ik ben sinds kort een optimist.'

'Uw toekomstbeeld klinkt anders knap somber en u kijkt er ook niet vrolijk bij.'

Mulder rekte zich uit naar de boven hun hoofd hangende spiegel. (Wallen onder zijn ogen van slapeloze nachten, scheve mond.) 'Ik ben optimist omdat ik niet oud zal worden.'

'Na mij de zondvloed?' vroeg de pater.

'Na mij de volgende generaties die zich, net als de onze, zelf zullen redden. Er komt altijd weer een lente na de herfst. Leven is eenvoudiger dan u het maakt. We zoeken antwoorden, maar er zijn geen antwoorden. Dingen gebeuren. Goede en slechte. Je belandt op straat of niet. Je krijgt een hartaanval of niet. De een wordt in de woestijn geboren, de ander in een polder. Het universum interesseert zich niet voor u of mij.'

De pater fronste zijn wenkbrauwen. 'Wat een nihilisme.'

'Maar we kunnen nog wel wát doen in de geringe ruimte die we hebben,' zei Mulder. Hij nam een slok, liet een nieuwe fles aanrukken. De wijn maakte zijn tong los. 'Mag ik eens bidden?'

'U? En u zegt dat u ongelovig bent.'

'Ja, Ik geloof wel degelijk, maar niet in alles. Ik geloof in de hoop, omdat er niks anders op zit.' En hij bad, vouwde zelfs zijn handen. 'Ik geloof in de verbeelding van mensen. In een paar geniale uitvinders die onze hersens oprekken en ingesleten sporen verbreden om ons bestaan op de planeet te veraangenamen. Ik geloof in mensen die zich met schoonheid omringen. In mensen die dingen maken. Dingen om de dingen. Met hun handen. Met hun hoofd. En met passie. Mensen die aan een veer trekken om een slot te laten openspringen zodat mijn wanhoop, drift en geluk kunnen ontsnappen. Ik geloof niet in plannen van boven. De mens is zijn eigen plan.

Ik geloof in de mens die er per ongeluk is en er het beste van probeert te maken.'

Mulder zweeg en huiverde, want hij geloofde werkelijk in wat hij zei, al had hij er niet echt over nagedacht. Alsof hij buiten zichzelf trad en zich zonder schaamte liet gaan. Het kippenvel trok over zijn armen. Hij wás optimistisch, al begreep hij niet waarom. En waarom nu? Verlaten en ziek. Tegenover een stinkende ouwelvreter, die hij verdomme steeds meer begon te mogen. 'Ik geloof in een beetje goed doen,' zei Mulder met aangeslagen stem.

'En waarom?' Bruno keek hem streng aan.

'Omdat ik me daar beter bij voel.'

'Goed doen? Wie bepaalt wat goed is?'

'Mijn geweten.'

'Maar uw geweten doet boodschappen bij God. Al uw ideeën over goed en kwaad komen uit de goddelijke bron waarin u spuugt. U kijkt neer op gelovigen omdat u zich intellectueel boven hen verheven acht, maar u hebt niet eens het intellectueel fatsoen, of beter de moed, om uw bronnenmateriaal te vermelden: de Bijbel.'

'De Bijbel is een boek voor een kleine wereld,' zei Mulder.

De pater wuifde zijn woorden weg. 'Onzin.'

'De wereld is nu groter dan een strook woestijn tussen Samaria en Judea. Zelfs de wereld van monsieur Ngolo is groter. We zijn aan een ander boek toe. Waarom kunnen we niet erkennen dat God in onszelf zit, in onze gemeenschappelijke ervaring, onze intuïtie. Zoeken naar kennis over God, is zoeken naar kennis over onszelf.'

De pater schoof zijn stoel naar achter en keek Mulder verbaasd aan. 'U praat te veel, dat ben ik niet van u gewend.'

Ze werden het niet eens en zouden het ook nooit worden, hoeveel ze ook dronken. Het werd warm in de hel. De trui ging uit, ze tutoyeerden elkaar, de intimiteit van een vuil overhemd gebood het hun.

Ze vergeleken de etiketten van hun hartpillen.

'Heb je echt goed gedaan?' vroeg de pater na een lange stilte.

'Ik heb voor een hond gezorgd van wie ik veel hield en ik heb hem weggegeven. Ik heb een vriend aan een vrouw geholpen, een vrouw van wie ik had kunnen houden.'

'U hebt uzelf tekortgedaan.'

'Zonder een ander tekort te doen.' Mulder keek op zijn réveil du Tsar. 'Veel is het is niet, maar wel iets, en dat is toch mooi, vindt u niet?'

Hij borstelde zijn houtje-touwtjejas op. De winter zat in de lucht. Zijn nieuwe pil gaf kracht voor wijdere wandelingen, hij doorbrak de cirkels van zijn oude rondes en ontdekte nieuwe buurten. Al liep hij nog een keer langs het huis waar de hond hem in zijn armen sprong, om de op de gevel uiteengespatte verfbommen te bekijken – de twee zusters die ernaast woonden spraken ieder die het horen wilde erover aan. De foto's en briefjes aan God waren verdwenen. Op de dichtgetimmerde ramen had iemand een vertrouwde leus geklad: *On n'est pas content*. De plaquette voor Nicolas Martin zat onder de gele klodders, uitgewist in protest. Maar de rust was teruggekeerd in de oude stad. Er brandde tot laat licht in de Bouwschool, de studenten blokten weer tot diep in de nacht op hun examens en het conservatorium mocht weer het orgel in de kerk bespelen.

Hij zocht andere geluiden en geuren. Snoof de zoete oliën in de kapperswijk op, waar tientallen jongemannen op de trottoirs de van ver gekomen vrouwen aanspraken om hun de beste kapster aan te praten, die met de toverkam of die met de valse vlechten of gouden handen. Verleiders op provisie. En de vrouwen draaikont draaikont weifelen, heen en weer en terug, kieskeurig paraderend langs de glazen puien waarachter tientallen kapsters de prachtigste hoofdtooien vlochten. Senegal aan de Seine. Sahara aan de Seine. Zoveel namen had Parijs. Europees wou het zijn, maar het was ook de grootste Afrikaanse stad buiten Afrika. De metropool. Vergulde leugenstad. Hij hoorde een gepeperd Frans op straat. De stad liet zich horen zoals hij werkelijk was. De voor altijd veranderende stad.

Hij ging op in het gewoel, in het reikhalzen, in het kortstondige en het oneindige. Een vreemdeling en toch deel van het moment. Erbij horen en niet worden gezien. Een ik die ernaar hunkerde geen ik te zijn. Een filmster incognito.

Hij sloop langs twee vrijende zwervers in een portiek – rok omhoog, gulp open – ze besprongen elkaar als dieren. Hun kreunen vulde de straat.

Hij liet zich door een Triple X omverduwen, een grote vent met wit kroeshaar en een propvolle tas van Tati onder zijn arm. Alsof hij iets gestolen had. Een hoek verder vond hij een paar sokken met het prijskaartje er nog aan.

Hij hoorde de wieltjes van een winkelkar en meende Sri een kruispunt te zien oversteken. Hij wilde haar naam roepen, zwaaide, maar ze zag hem niet en toen sprak hij haar in gedachte aan. Ze wist van de hond en vroeg of hij niet te eenzaam was.

Hij zei van niet.

'Waarom zoek je geen vrouw?'

'Omdat ik op jou wacht.' Ze omhelsden elkaar.

Ook dat bleef een droom. Hij droomde in geleende beelden.

Het sloeg elf uur. Altijd elf uur.

'Zo laat al,' zei ze. 'Ik heb haast.'

Ze draalden.

Hij keek op zijn horloge, het erfstuk van zijn vader.

Ze legde haar oor op het glas en luisterde met lachende

ogen naar het fijne getik. Een mooi en rijk geluid.

Hij deed het af. 'Bewaar dit,' zei hij.

Maar ze was al minuten uit zicht.

Hij liep alleen en zag en rook alles.

VERANTWOORDING

Om mij in de ziel van een hond te verdiepen heb ik een aantal hondenboeken gelezen. *My Dog Tulip* van J.R. Ackerley heeft mij vooral bij het beschrijven van het bezoek aan de dierenarts geïnspireerd.

Voor de torenervaring raadpleegde ik *La Lutte avec l'ange* van Jean-Paul Kauffmann.

ADRIAAN VAN DIS (1946) debuteerde in 1983 met de novelle *Nathan Sid*, bekroond met de prijs voor het best verkochte literaire debuut. In 1988 verscheen de roman *Zilver*. Begin jaren negentig schreef hij vooral reisliteratuur. In 1994 verscheen *Indische duinen*, dat bekroond werd met de Gouden Uil (1995) en de Trouw Publieksprijs en genomineerd voor de Libris-prijs, de AKO-prijs en de Aristeion-prijs. In 1999 publiceerde hij de roman *Dubbelliefde*. In 2002 verscheen de roman-in-taferelen *Familieziek*. In 2004 schreef hij het boekenweekessay *Onder het zink. Un abécédaire de Paris*.

BOEKEN VAN ADRIAAN VAN DIS

Nathan Sid (Novelle, 1983)

Casablanca (Schetsen en verhalen, 1986)

Een barbaar in China (Een reis door Centraal Azië, 1987)

Zilver of Het verlies van de onschuld (Roman, 1988)

Het beloofde land (Reisroman, 1990)

In Afrika (Reisroman, 1991)

Indische Duinen (Roman, 1994)

Palmwijn (Novelle, 1996) (Boekenweekgeschenk 1996)

Dubbelliefde (Roman, 1999)

Op oorlogspad in Japan (Reisverhaal, 2000)

De Indische boeken (*Nathan Sid*, *Indische duinen* en *Op oorlogspad in Japan*, 2002)

Familieziek (Roman in taferelen, 2002)

De reisromans (*Barbaar in China*, *Het beloofde land*, *In Afrika* en *Palmwijn*, 2003)

De karakterromans (*Zilver*, *Dubbelliefde* en *Een waardze sat*, 2004)